科学无国界，

那么科学家呢？

FANTASY
幻想家

02

临界·高科技罪案调查

我 们

郑军 著

北京理工大学出版社
BEIJING INSTITUTE OF TECHNOLOGY PRESS

图书在版编目（CIP）数据

临界·高科技罪案调查.我们/郑军著.—北京:北京理工大学出版社,2019.1（2019.5 重印）

ISBN 978-7-5682-6501-0

Ⅰ.①临… Ⅱ.①郑… Ⅲ.①科学幻想小说—中国—当代 Ⅳ.① I247.5

中国版本图书馆 CIP 数据核字 (2018) 第 272057 号

出版发行 / 北京理工大学出版社有限责任公司

社　　址 / 北京市海淀区中关村南大街 5 号

邮　　编 / 100081

电　　话 /（010）68914775（总编室）

（010）82562903（教材售后服务热线）

（010）68948351（其他图书服务热线）

网　　址 / http://www.bitpress.com.cn

经　　销 / 全国各地新华书店

印　　刷 / 三河市华骏印务包装有限公司

开　　本 / 787 毫米 ×1092 毫米　1/32

印　　张 / 7.25

字　　数 / 105 千字

版　　次 / 2019 年 1 月第 1 版　2019 年 5 月第 3 次印刷

定　　价 / 32.80 元

责任编辑 / 刘汉华

文案编辑 / 刘汉华

责任校对 / 杜　枝

责任印制 / 边心超

目录

“我是他，也不是他。我在他身体里，他在我精神里。”

——越是出色的科学成果，对社会越有潜在威胁。

临界

HTCI

第一章　前任

“妈妈，你在吗……”

“我在这！现在感觉怎么样？”

“热，很热，身体要炸开……”

杨真死死抓着母亲的手，卢红雅强忍疼痛让女儿握着。就这样一阵清醒，一阵昏迷，不知道是白天还是黑夜。杨真迷迷糊糊地在病床上躺了几天，她不怕死，她相信李文涛的技术，但她怕自己就此疯掉！

直到杨真彻底清醒过来，能够自己坐到椅子上，卢红雅才把一个人带到她面前。

他一米八的个头，鬓发灰白，腰背挺直，腿脚硬朗，这位就是心理学大师肖毅，乍看上去更像运动队教练。肖老师多大年纪？杨真读本科时，他已经是业内翘楚，声名远播。现在60多岁，还是快70岁了？看上去也就50岁出头。

为什么肖老师会来这里？要给我签字？对对对，妈妈想满足我那个小愿望，难道是因为……

各种念头马匹般在杨真的脑子里踏过来、跑过去，她想把它们排成行，列成队，好好梳理，可是根本做不到。声音、语词、图像、颜色，全都聚在一起，洪流般冲击着她的意识，杨真甚至觉得还不如在李文涛那个地下室里清醒。失去了中和剂，杨真的脑子乱成一团。

肖毅完全不是她想象中的样子，她甚至怀疑这不是真的肖毅。是的，是他，杨真在各种学术著作上看过肖老师的照片。只不过真人站在眼前，比照片上更高、更健壮。

是啊，这不奇怪，这位能够改变心理学史的学者，最初就是一名体育学院的教师。

杨真剃着光头，脑袋上有一道长长的缝针，哪个女孩子都不想把这副样子暴露给陌生人。杨真手足无措，不停地点着头，搓着手，耸着肩，走来走去。她想让自己停下来，但是刹不住车。她看过乔帅的监控录像，见过李文涛那些人努力维持正常举止时做出的怪相。现在，自己一定同样滑稽可笑。

李文涛，你这个坏蛋，居然把折磨当成爱。你在哪里？滚出来，让我掐死你！

唉，他已经死了，昨天是谁告诉我，他的尸体就停放在调研室？

杨真的脑子里翻江倒海，卢红雅走到女儿身边，像是要扶着她，又像要按住她。毕竟是第一次和肖毅见面，女儿却像个患了多动病的孩子。

“没事，咱们都站着说话吧。”肖毅向卢红雅摆摆手，说完他自己先从沙发上站起来。“她控制不住，别勉强。杨真，你想活动就活动，一边动一边听我讲就行。”

见到杨真之前，肖毅大致看了诊断结论，初步形成了判断。看见本人之后，肖毅更坚信自己的想法。她正在压制超常的神经反应速度，由此导致的行为在医生眼里接近躁狂症。他们不明白，但是他能理解。

“生理上的治疗，我的团队就能办到……”

“太好了，太棒了，我脑袋里烧得厉害，得降温，马上降温……”

“小真！注意听肖老师讲话！”

卢红雅忍不住训了女儿一句。肖毅只当没听见，继续说道：“最终让你恢复正常，要靠行为训练，一点点让行为模式恢复常态。”

“对对对，冲击治疗、消退法、小步进行……”有关行为矫正的各种术语从杨真的嘴里不停地冒出来。看着女儿出乖露丑，卢红雅又想说什么，肖毅握住她的手，表示没有关系。

肖老师握着妈妈的手？怎么会这样？此时，别人的动作在杨真眼里都慢上一拍。这个举动她看得很清楚。

“很好，你不是普通病人，你也是心理专家，能理解行为训练的作用，这就好办多了。”肖毅仔细地观察着她的步态。

“对对对！我知道，我明白，您安排吧……”

卢红雅强忍着泪水。杨真一直都是个安静的女孩，习惯多听少说，哪会是这个样子。“你看……”卢红雅满怀期待地望着肖毅。

对于杨真的情况，肖毅的心里已经有数，但他还得让卢红雅放心。“治疗过程重在坚持，我们会制定一个严格的日程表，杨真要严格遵守。另外，罪犯通过植入生化物质改造人脑，近似于直接往脑子里面投放毒品。过段时间，杨真会产生戒断反应。”

卢红雅知道这个词的意思：“那……孩子会不会很痛苦？”

“会！”

肖毅知道卢红雅是位坚强的母亲，不必让她抱着个热罐子。“到那个时候，咱们一起帮她挺过去吧！”

这次，杨真终于管住了自己的嘴。她住在安康医院里，这是公安系统的精神病院，同楼就住着几个曾经执行过卧底任务的警察。他们不幸身染毒瘾，在这里半是治疗，半是软禁。在强大的生物化学力量作用下，人的意志力并不可靠。

卢红雅提出肖毅这个人选，李汉云第一时间就表示同意。肖毅和他的研究团队曾负责为空军飞行员提供心理训练，参与航天员大队的工作，还是公安系统特聘的高级警官心理训练顾问，他知道与这些部门合作要守什么规矩。

不仅如此，想当年李汉云在研究犯罪学时，学术上碰到过难题，久久无法突破。后来偶然间读到肖毅的文章，文中提出研究社会问题重点不是从现象入手，而应该注重对个体行为的研究，通过过程总结规律。李汉云大受启发，转而专攻犯罪行为规律的研究，从此成为业内高手。

正因为深知肖毅的水平，李汉云以病人主管官员的身份，向安康医院治疗小组推荐了他，请肖毅介入杨真的治疗。会议室内，肖毅向医生们介绍了自己的治疗计划。

“你们发现她情绪不稳，行为怪异，就给她注射大量镇静剂，这是常规做法，但在这个病例上，这就等于把冰块扔到火里。两种外力在她的神经系统里撕扯，很危险。我认为应该停用镇静剂，让病人通过身体活动释放神经系统多余的能量。我估计不出十天，那些植入的过量神经递质就会彻底被吸收。在此期间，我们只需要帮她中和掉体内的钾。”

本来，神经改造手术后要进行一系列身体恢复。按照李文涛的设计，杨真最后能对行为速度控制自如，融入社会而不被发觉。然而他和同伙都在搏斗中死亡，废墟里虽然找到了一鳞半爪的资料，主治医生们反复研究，也不明就里。

“肖老师讲得有道理，值得一试。”

“一团火正在燃烧，如果损坏的东西不多，最好让它自己熄灭。”

“……”

看到医生们接受了自己的主张，肖毅进一步争取着条件。“患者新陈代谢率过高，不能把她当成病人，困在床上静养。如果你们各个方面都放心的话，就把她交给我吧。”

“小韩，你写过申请，要去中盾公司，对吧？”

“主任，那是以前的事了。”

当着同事的面，韩悦宾显得不好意思。他被消防员从地下室抢救出来时，已经在床板上锁了几天，身体虚弱，神志不清。不过李文涛没对他做手脚，韩悦宾在医院里很快恢复健康，回来工作了。

和杨真一起到云顶沟实地侦查前，韩悦宾担心在调研室干下去没有前途，便越过李汉云，向上级的人事处递交了请调报告，表明自己想去公安部第一研究所下属的中盾公司，那里也是全国警用设备研发中心。韩悦宾毕业于电子工程专业，曾经在第一研究所实习过，晓得其中的门路。但这份报告转了一圈，又回到李汉云手里。

“呵呵，我没有笑话你的意思。”李汉云在例会上宣布了上级决定，“调研室任务范围要迅速扩大，现在办公地点不够用，部里让我们暂时搬去昌平，借第一研究所的地方。所以小韩，你又和老单位做邻居了。”

第一次接触俄罗斯“危险技术流向监控处”官员叶缅

年科，对方坦率地指出，中国还没有对等机构可以参与国际合作。那时李汉云就在考虑，世界上几个顶尖科技大国都设有类似机构，只有中国还是空白。既然这样，他们这个调研室是否可以顶上来做这件事？

从那时起，仅凭几名部下，调研室便一连侦破两起大案。借此时机，李汉云趁热打铁，进一步向上级领导强调防范高科技犯罪的意义。另外，仅手头这两起大案的后续工作所涉及的很多知识产权问题，地方公安便处理不了。调研室必须把它们接过来，这样就要进人员、添设备、补充资金。

工作有业绩，上级领导自然支持，迅速做出批复。从此，这个小小的科级调研室升格为高科技犯罪调查处。虽仅几字之差，让他们瞬间拥有了侦查权限。此外，上级部门还调拨来几个应届硕士毕业生，充实调查处的力量。

然而李汉云心里清楚，这两起案件成功告破，主要是依靠杨真和龙剑的个人直觉以及他们的执着。两个部下都坚信自己的调查方向，一追到底，方告成功。然而他们并没有多少侦察经验，杨真与韩悦宾失踪后，调研室根本无法找到他们。若非这期间发生团伙火拼，问题可能至今无法水落石出。

面对高科技案件，普通侦查程序缺乏针对性，一般警务人员也都没经验。今后再遇到类似案件，总不能还靠误打误撞。李汉云深知，要想进一步取得成绩，必须先把机构充实起来。道高一丈，才不怕魔高一尺。以后再搞侦查，他们不仅需要专业装备，还要达到警界顶尖水平。韩悦宾既然搞过警用装备，李汉云就安排他出任装备组长。

“没问题，一所各种装备我心里有数。我回头开个单子，您找上面去要就行。下次咱们再出去办案，一定武装到牙齿。”韩悦宾从死亡线上转了一圈，非但没有后怕，反而激发起了斗志。

两起案件的人证、物证都已齐备，然而司法方面很多漏洞却被它们暴露出来。这是谋杀罪？危害公共安全罪？还是商业欺诈罪？都像，又都没有直接对应的法律条文。为此，李汉云成立起司法研究小组，针对高科技犯罪案件产生的法律问题进行研究，并安排蔡静茹担任组长。

“主任，我学的是英美法系，大陆法系刚接触不久……”听到这个安排，蔡静茹有些顾虑。

“所以才让你做这份工作，西方在治理高科技犯罪方面起步早，我们需要他们的经验。”

此外，这两起案件还留下了一道难题。一般犯罪案件如果涉及财物，追赃后由司法部门收缴，然后发还失主。这两起案件的主要财产却是一堆知识产权，除了犯罪嫌疑人，并没有其他所有者。这该怎么处理？它们的价值如何评定？寄存在哪里？甚至如何存放都是个问题。

特别是天平制药公司一案，虽然研究手段违法，但却获得了有益的科研成果，其专业水平世界领先。这种新药的知识产权如果还属于制药公司，仅处罚其主管，或仅处以罚款，等于鼓励制药企业继续搞非法人体实验。如果剥夺他们的所有权，这项知识产权又该如何处理？

在没有法律条文可以引用的情况下，上级部门只好决定由高科技犯罪调查处暂时保管，并组织专家将它们的价值梳理清楚。迟健民一直在研究科技创新规律，便从主任那里领命，草创了一个“涉案知识产权处置组”来承担这个任务。

从这两起案件开始，调查处收缴来的非法科研成果，都要交到“产权组”来管理。

早在大学里研究高科技犯罪时，李汉云就认为这类案件必须邀请科技专家协助调查。以这两起案件为例，如果不是侦查员了解相关专业的前沿动态，根本无从下手。然而，不能指望自己的侦查员熟悉所有高新科技，他们必须寻找外脑。

于是，肖毅便成为高科技犯罪调查处成立后聘请的首位科学顾问。自从20年前开宗立派，肖毅横跨体制内外，脚踏商学两界，已经组成了庞大的科研团队。凭借这些力量，他不仅接手了杨真的治疗，更要整理从李文涛案件现场找到的各种科研成果。

按照双方约定，肖毅将投入科研人员对这些资料进行深入分析，但不能作为自己的知识产权。李文涛研究的成果只能作为国家财产，经司法部门同意后才能使用。肖毅对李汉云表了态，自己作为科学家，能有机会研究这些尖端成果就是最大的收获，他会倾全力协助。

为了与肖毅以及今后其他科学顾问协调，通过他们了解科研动态，调查处又设置了外联组。杜丽霞当过记者，擅长社交，便成为外联组长。

然而，从一个纯粹的研究部门变成侦查部门，调查处的核心工作还是侦查案件。也正因为如此，李汉云对此十分慎重，并没有马上成立起专门的调查组，案件侦破仍由他亲自去抓。

杨真康复尚待时日，李汉云找到龙剑，让他继续在中国境内寻找拉格涅夫。“这个人能从俄方强力部门手中逃走，说明他有外援，绝不只是个简单的退休老人。”

“我也这么认为。”在龙剑看来，这只是天平制药公司案件的中场休息，更大的谜团还未解开，“甚至，世界超人协会我都认为应该再盯一段时间。”

“我同意！”

李汉云手下的兵翻了一倍，他们承担的任务至少增加了三倍。上级部门已经把监测境内所有人体实验的任务都交给调查处协调。那可要覆盖几十个医药公司，几万名被试。调查处仅掌握概要性的信息，就要忙上很久。

“科技发展日新月异，等出了事再调查，我们可能都不知道面对的是什么新技术。必须建立起日常机制，对有重大社会影响的前沿科技进行实时监控。人体实验、网络技术、人工智能，至少这些都是要立刻监控的领域。”在向上级的汇报中，李汉云反复强调他的观点。

几个月前才成立的这个小部门正在飞速发展，杨真却还困在病房里，等着接受开颅手术、清理植入的异物。同事们来看望她时都不用公事打扰她，对这个为调查处打出一片天地的小师妹，大家现在只关心她的健康。

那可是人脑，在里面动刀会有什么结果，谁能不担心？

刺鼻的酸味……

粗重的呼吸声……

冷风吹在身上……

我这是在哪儿？杨真感觉意识已经恢复，却什么都看不到。对，是眼皮过于沉重，靠意志力都不能把它们抬起来。

杨真伸出手，用力撕扯着眼皮，想把它们翻开、撑开、撕开……

终于，杨真睁开了眼睛，只是一场梦！麻药的劲儿还没过去，她就像从30层高的楼顶摔到病床上，全身散了架，无法支配，只有眼睛还能够动弹。

妈妈不在，床边坐着一位女医生，30多岁，俯下身用和蔼的目光望着她，亲切得有点不寻常，像是姐姐在关心妹妹。我认识她？她认识我？我怎么想不起这个人？

“感觉怎么样？”女医生问道。

“哦……”杨真晃晃脑袋，头骨里面终于不再有膨胀欲裂的感觉，“……手术成功吗？”

“很顺利，都取出来了。”女医生向杨真伸出手，“我叫牟芳，北医附院脑外科医生。”发现杨真抬不起手，女医生主动握住了她的手。“部里领导和我们医院协调，专门调我过来做你的主治医生，直到你出院。”

牟芳？杨真确信自己没听过这个名字。她努力地笑了笑，表情僵硬，肚子里也很空……“我又睡了很久？”

“大半天吧，昨天我给你开颅、清创，现在药劲才过去。”

从被绑架到现在，不到半个月时间，杨真的颅骨已经第二次被打开。她觉得头皮发痒，胳膊能动了，她举起手想摸一下头顶，牟芳轻轻挡住她的胳膊。“愈合前最好别碰，得管住自己的手。”

牟芳一共在杨真的脑子里找到七枚内置缓释装置，每颗都只有芝麻大小。如果不是事先知道该在哪里去找，根本不敢动刀。接下来，牟芳通过静脉注射药物，来平衡杨真体内过量的钾盐。

李文涛没有吹牛。每次神经提速手术后，他们都会总结经验，提高精准度。杨真接受的手术是最成功的一例，副作用最小，恢复也最快。

看到杨真清醒过来，牟芳便用手机通知李汉云，后者立刻往医院赶过来。借此闲暇，牟芳介绍了自己的身份。“韩津有没有和你说过，他以前有个学医的女朋友？”

和韩津相恋的几年间，杨真经常听韩津提到他的前任女友，包括她的职业、性格、价值观和生活习惯，也听过他们怎样在一起，又因为什么分的手，但韩津却从来没提到她的名字。杨真不是个八婆，韩津不提，她也不好去问。

听牟芳提起韩津，杨真睁大眼睛，仔细打量着面前的女医生。韩津和牟芳分手后，牟芳就没有出现在韩津的生活里。杨真对她的认识完全出自韩津的描述。而现在，在她从未预料的时间和地点，本尊突然出现在面前。

“那就是我！”牟芳拉起窗帘，挡住阳光，杨真现在很怕光线，“他一定把我说成刽子手，因为我杀死过数不清的实验动物。”

杨真点点头，是的，韩津说过这样的话，这是他和第一任恋人分手的主要原因，三观不合的人没法长久相处。

“白鼠的脑还没有山核桃大，我切过上百个。所以，昨天我才敢做你这么复杂的手术。”牟芳用棉签挑起一点消炎药，轻巧地在杨真头顶的创口上涂抹着。这本来是护士的活，牟芳不放心，便亲自动手。

“在脑子里寻找人工植入物，医学史上从无先例，你们安康医院的医生不敢动手。放心吧，所有植入的异物我都清出来了。”

一瞬间，杨真摆脱了纠缠她几年的一个困惑。是的，那些白鼠和兔子死得有价值！她终于不再对动物实验抱有负疚感。“谢谢你……”杨真长长地吐了口气。

“听卢阿姨说，你们也不在一起了吧？”牟芳问道。

“五年前分的手。”杨真很奇怪，妈妈怎么和外人唠叨这种事？

李汉云匆匆赶到，关切地询问着杨真的恢复情况。七年前，刚刚大学毕业的杨真坐到李汉云面前，告诉他，自己致力于研究科技领域的犯罪现象，这让李汉云吃惊不小。他那些学术前辈都没这个兴趣，这个小姑娘怎么有如此远见？

七年来从硕士生到博士生，杨真一直在他的指导下精研这一课题。李汉云自然不止这一个门生，但是当高科技犯罪调研室成立后，只有杨真和史青峰跟了过来。所以，这是他的门人弟子，外加嫡系。

“李老师，我还要参加分享会呢，好想霞姐他们。”从鬼门关被人拉回来，杨真如释重负，眼泪在脸上流趟着。

“当然能参加，又来了不少年轻人。但是，要等你完全恢复才行。”

李汉云告诉了杨真上级领导的决定。从石材厂废墟中拿到的所有科研资料，都由调查处保管并整理，肖毅老师派人协助他们!

“那……这些成果要公布吗？”从自己掌握的专业知识推断，杨真知道李文涛这些成果可以转化成很多实用技术。

“上级领导几次研究这个案件，暂时决定所有成果都不公布。不仅不发表于大众媒体，也不在专业媒体上发表。我们不能变相鼓励科研机构通过非法人体实验获得成果。不过，肖老师和他的团队受司法部门委托，对这些资料进行研究，成果是由迟健民负责保管。不过，你也算是一个研究对象。”

整个案件里所有接受过手术的人都已经死亡，只剩下杨真，她也是最完善的试验对象。她的身体就是实验品。可是，她应该怎么办？那是她的身体，是她的脑子，仅仅是坚决执行命令吗？

李汉云讲话时，牟芳就坐在旁边。杨真看着她，有个男人曾把她们的生活联系在一起，杨真需要的答案就在那个男人身上。

“主任，如果生命科学能从我身上得到突破，我愿意做被试，总得有人为科学进步做出牺牲。”

牟芳走过来，紧紧地拥抱了她一下，内中的意思只有她们才能明白。

李汉云又告诉杨真，已经向上级部门为她申报了“公安系统二级英雄模范”。杨真想摇头，但是头很沉重，于是就改成摆手。“还是给调研室争取个集体荣誉吧，这样有利于咱们这个团队。”

“别谦虚，你最早判断出‘旌旗岭专案’的犯罪动机可能是非法实验。凭这个事迹，授予一级英模都够格。只是你资历低，一时不便给那么高的荣誉。”

“现在想起来，我那都是误打误撞。”

“是有那么点，不过这也是因为咱们机构刚刚草创。如果有足够的侦察条件，你也许能更早地找到线索。”

杨真痛苦地摇摇头，这次她的头不那么痛了，心却很痛。“主任，如果不是李文涛自我暴露，我根本不会意识到犯罪主谋会是他。”

“李主任，病人需要多休息。”牟芳在一边提醒道。李汉云点点头，又安慰了杨真几句，离开了病房。

一阵火烧火燎的感觉从腹中袭来。“牟医生，我还是很饿，可以正常饮食了吗？”

牟芳叫来护士，给杨真单独去做配餐。“你的新陈代谢被动加快，就像老爷车里面换了大马力发动机。营养餐是专门给你配的，热量很高，但要少吃多餐。”

杨真吃着营养餐，咸咸的，十分爽口。别的味道可以没有，但一定要有咸味！

“餐食里面含盐量会慢慢减少，还要定期输液，直到你的体液恢复正常。”知道杨真能听懂，牟芳解释着配餐的成分。

“芳姐，谢谢你。”

杨真是独生子女，望着牟芳亲切温暖的表情，忽然觉得自己有了姐姐。

“你康复前我都在这里。”牟芳拍了拍杨真的额头，退了出去。

听到杨真已经清醒，卢红雅也赶到这里，激动地想过来拥抱女儿。看到她头上的纱布，改为紧紧攥住她的胳膊，憋了几天的泪水倾泻而出。“死”这个字眼她和女儿谁也没提，但是这几天都盘踞在她们心头。现在，牟芳终于把它远远地赶走了！

“小真，有什么需要就和牟芳讲，别把她当医生，当姐姐就行。”

卢红雅曾经在《中华科技报》做记者部主任，退休后和朋友们创办《新科学人》杂志，平时要管理几十个编辑记者，参加各种会议，事务繁多，不能天天陪在女儿身边。她不在的时候，牟芳就像个姐姐那样照料着杨真。闷的时候，她们还有个共同话题可以聊。

“他没给你讲我们分手的过程？”

“没有。”

牟芳告诉杨真，有一天韩津来医学院找她，正好遇到她在处理实验室动物。按照规则，所有动物在实验结束时都必须处死。别的女孩甚至男生都不敢动手，这个活最后给了牟芳。她抓起小白鼠，扭住脖子一抻，扔到金属箱里，然后抓起第二只，一扭、一抻……

韩津看到这个场面，当时没说什么，第二天便告诉牟芳，要么她改专业，要么两人就此分手。

“我告诉他，入学以来，我已经杀了上百只白鼠。如果将来不当医生，它们就算是白死了。结果……就是那样了。”

这故事杨真听过，但是从另一方那里再听一遍，感觉完全不同。韩津添了很多形容词——冷血、暴力、不尊重生命、残酷的求知欲、科技从业者的自以为是。牟芳只有一句结论：我是医生，我就得这么做！

牟芳告诉杨真，她能入这一行，完全是因为做医生的妈妈。“当年父母都还住在乡下，外公洒农药时发生有机磷中毒，口吐白沫，全身抽搐，两个人都按不住。妈妈就是乡医疗点的实习医生，人家把外公送过来，她知道要做耳缘静脉注射。但是她就读的卫生学校条件差，没那么多实验动物让学生练手，结果怎么也找不准静脉。几针下去穿破了动脉，外公的血喷了她一脸，人也没抢救过来。”

杨真想象着那个场面，又联想着实验室里面的动物，身上打了一阵冷颤。

“那件事发生时可能还没有我，如果有，也就是一两岁吧。我懂事后，妈妈不断提这件事，一直到我考进医学院。所以你看，在这点上，我和韩津不可能一致……对了，你们又是因为什么分开的？”

杨真想了想，过程也差不多。没什么实质冲突，两边家长虽然不大赞同，也都没有明确反对。恋爱期间，他们谁也没对另外的异性动过心。

然而，最初的激情燃烧过后，杨真越来越不能接受韩津的价值观。这位电视台新锐主持人，私下里将抵制科学当成毕生的事业。杨真劝过他，想抵制也可以，至少得弄明白抵制的是什么。她建议韩津采访一些科学家，像自己的母亲那样，深入这个群体的生活，然后再做判断，但是韩津没这个动力。

“后来我发现，他就是仇恨科学。先决定要抵制，再给抵制找理由，最后选择去抵制什么。”

杨真一直想弄明白，韩津这种仇恨是从哪里来的。家里有人死于工业事故，或者环境污染？她把这个疑问提给牟芳，后者摇摇头。“哪有深仇大恨啊，就是近墨者黑。你听他讲那些反科学理念，什么哈倍马斯、海德格尔、雅斯倍尔斯、费耶阿本德……我从他那里听到的哲学家名字，比大学哲学课上听到的不知多了多少人，都是反科学那一派的。”

杨真笑了，是的，那就是她熟悉的韩津，那就是韩津接受的大学教育。

“那你现在还单着？”牟芳关心地问道。

“嗯。”

牟芳搓搓手，按在杨真的额头上。“听姐姐话，以后找男朋友别找文科生。他们就是没用的书看得太多，把大脑看成糨糊了……哦，不好意思，忘了卢老师也是文科生，不过，像她那样理解科学的文人太少了。”

卢老师？我妈妈？牟芳好像很了解她。妈妈也说过，要把牟医生当姐姐，她们之间好像有什么默契？

牟芳又给杨真介绍她的丈夫肖亚霆——肖毅的儿子，生理心理学家。两人确立恋爱关系时，肖亚霆也听牟芳讲过她和韩津分手的故事，听完哈哈大笑，因为他使用过更多的实验动物。

“他说，将来咱们都去十八层地狱，也好有个伴。”想想丈夫当年的情话，牟芳现在还觉得一阵阵甜蜜。肖亚霆不会背诵诗词给她听，但是他们能够谱写属于他们的诗篇。

是啊，肖毅虽然是学术大师，毕竟没有医生执照。他要接手杨真的治疗，他的团队里应该有个医生。只是杨真没想到，他派来的是自己的儿媳妇。

第二章　天上掉下一个家

第三天，肖毅的女儿肖亚雯加入治疗团队。她比杨真大了七八岁，高过半个头，一副练出来而不是饿出来的好身材。肖亚雯的专业是工程心理学，研究人类行为与环境和工具之间的关系，这个行当与健身教练倒有几分类似。

“杨真，这是亚雯，你也要把她当姐姐，她们会照顾好你的。”卢红雅拉着肖亚雯的手，给杨真做着介绍。肖亚雯和牟芳是姑嫂关系，不过自己又为什么该叫她们姐姐？仅仅是因为她们容易亲近？

这次，卢红雅很放心地离开了医院。杨真在床上坐不住，独自在室内溜达，刚才是因为有生人来，才在沙发上老实了片刻。

肖亚雯和杨真打过招呼，然后说：“我们给你制订了恢复计划，人体有三个能源系统……”

“我知道，我知道，磷酸原系统、酵解能系统、氧化能系统。”

这么插话很不礼貌，可是杨真控制不住自己，各种知识井喷似的在脑子里冒出来。

“你知道？那就省事多了。以你现在的运动速率，磷酸原系统消耗太大，身体支持不了多久。我们要一点点让你的能源系统恢复正常工作。”

肖亚雯给杨真讲解了恢复训练方案。随着头部的伤口愈合，杨真要开始大运动量训练，同时吃高热量、高盐分的食物。整个身体都要高强度运转。然后，无论食量还是运动量，每天减少百分之一。

“别看每天只减这么少。只要你能坚持，身体机能一个月后就能恢复正常。”

“那我都练什么？”杨真虽然有运动的习惯，却没时间系统进行锻炼。

“有氧运动、短跑、力量训练、格斗！原则上是要将被动产生的神经兴奋释放出来。咱们搬到体院，我在那里给你找陪练。”

就这样，经过李汉云批准，杨真出院了，直接搬到国家体育中心。肖家在这里有很多关系，他们给她安排了单人宿舍，使用的是国家集训队空下来的训练设备。牟芳和肖亚雯还要监测杨真的各项生理指数。她不仅是病人，还是一次划时代神经心理学实验中唯一存活的样品，整个恢复过程都是宝贵的科研资料。

心里那团火没有释放干净，杨真想动，想不停地动，想激烈地动。她要跑，要跳，要用拳头狠狠捶打沙袋，要抡起棍棒凶猛地击球。伤口刚愈合，杨真就投入大运动量训练中，从来没有一个病人把国家集训队场馆当成康复地点。肖亚雯不光亲自指导，还给她找了几个男陪练，让她挥拳、踢腿、摔跤。

“多做超等长练习，肌肉不容易拉伤。”肖亚雯一边给杨真按摩，一边讲解运动要领。

“明白！”

“我和嫂子都很佩服你，别人一听说人体实验，就像要上刑一样。”

“反正已经挨了一刀，要挨得值。”

既然有如此勇气，肖毅便让儿子肖亚霆拿来一台经颅磁治疗仪。这种仪器可以发出强磁场，对脑部进行无创刺激。高频磁场令脑部兴奋，低频磁场产生抑制作用。肖亚霆的团队改进了经颅磁治疗仪的设计，原本就是想卖给精神病院使用。杨真现在的症状类似于人工诱发的精神疾病，正好可以检验仪器的功效。

没人做这么多运动，目标却是为了把运动频率减下去。平生未有的运动量，杨真练得很痛快，饿得也很快，一天要吃五顿，仍然经常觉得饿。“不不不，今天就这么多。”肖亚雯像个姐姐一样哄着杨真，挡着她索要食物的手，“你要是不执行定量，康复后就会长成皮球。”

是的，杨真的职业毕竟不用靠体能吃饭，以后重新坐办公室，这么大食量怎么得了。

“照这样练，我可以辞职参加全运会了。”有一次杨真在拳台上打倒一个男陪练，高兴得手舞足蹈。

“那你得选好参加哪一项，你这练了足有七八个项目。”肖亚雯坐在台下，和她开着玩笑。

有时候，牟芳的丈夫肖亚霆也会带助手过来。肖毅与李汉云达成的科学顾问工作协议，由他这个儿子具体执行。杨真作为案件里唯一存活的被试，生理变化十分重要。肖亚霆早就把很多仪器摆在她的屋子里，什么超声心动图仪、红外气体分析仪、动作捕捉仪，不少都是杨真听过却没见过的高端设备。

“你是这个非法实验里最成功的‘产品’，少不了被我们折磨折磨。”牟芳开着玩笑，拿过针筒，示意杨真挽起袖子。“来，我给你注射声学造影剂。”

“这是什么？”

“碳酸氢钠与醋酸的混合液。”

“啊，那不会在我血管里产生气泡吗？”

“会啊。”牟芳赞许地点点头，“当年实验分一定很高吧？你放心，这些气泡能被人体安全吸收。”

“我是人型白鼠，可这又有什么？我愿意这样，我知道这样做的后果。科学这个东西我从小就熟悉，它在我眼里不是怪物！”心平气和地看着声学造影剂注入自己的身体，杨真愈发意识到她与韩津之间隔着怎样的鸿沟。

这天，肖亚雯接替牟芳陪护杨真，姑嫂二人在楼下说了阵话，然后肖亚雯走上楼。进屋第一眼没看到人，肖亚雯仔细一找，发现杨真坐在墙边地上，靠着床沿，抱着双膝，泪水无声地在脸上流淌。她是被噩梦惊醒的，然后便升起一腔的委曲。没有父爱，交了个天天吵架的男朋友，发论文不够资历，搞研究不被重视，还有人不经允许就切开自己的头盖骨。各种委屈仿佛私下里商量过，同一时间涌上杨真心头。

太累了，我的精神绷得这么紧，要不要一劳永逸，彻底放松？在身上绕一圈裸线，然后合上电闸？坐电梯去对面楼顶，然后往下跳？

不用真去做这些事，只要在脑子里想想，杨真都觉得轻松很多。死，我想死。那些自杀的人说得对，死真是一种解脱，死没那么可怕……

肖亚雯撕开一包湿巾，坐到杨真身边，仔细擦拭着她的脸。眼窝、嘴角、鼻翼，每个部位都没落下，一直到杨真收住悲声。肖亚雯什么都没问，只是坐到杨真身边，静静地陪着她。

“一会儿要做什么？”

“等你想做时再做，你不想做，姐姐就在这里陪着你。”

晚上，肖亚霆赶到训练中心进行跟踪研究。杨真的心情已经平静下来，像个旁观者一样做着内省报告。“……今天午睡后开始有自杀的念头，很清晰，是脑部创伤后第一次。”

肖亚霆既不惊讶，也不规劝，只是平静地敲着键盘，记录着杨真的口述。“这是戒断反应吗？”杨真问道。

“差不多，你的神经系统长期处于躁狂相，早晚会转为抑郁相。不过……你能撑过去，对吧？”

“我争取……”浸泡在冰冷的心情里，杨真不确定这一点。

“这段时间，牟芳和亚雯会天天陪着你。”

“那个……太麻烦她们了吧？”

不光是自杀的念头，这段时间杨真盗汗、肌肉痉挛、失眠，甚至痛经，每次身体上出状况，两个姐姐不管谁遇上，都会及时处理，就连妈妈都没有这么细致地照顾过她。

肖亚霆神秘地一笑：“别把她们当外人，现在这就是她们最重要的事。好吧，咱们再做一次测验。”

测验过程很简单，肖亚霆给杨真播放一部故事片，助手在一旁调整着放映帧频，什么时候杨真感觉片中人物动作节奏看上去正常了，就喊停。

“怎么样？”测验完毕，杨真想看看结果。

“感知速率仍然快12%，不过比最初下降了很多。”

“杨姐干吗要降速啊？”年轻助手从监视器后面探出头来，“练成漫威动画里面的‘快银’，岂不是更好？”

“哈哈，那是动漫。”肖亚霆起身收拾设备，“人要是真有快银那种速率，等他停下来，衣服都烧光了。”

自杀念头就像饥饿感，不用害怕，不必震惊，来时不留，去时不送。牟芳和亚雯都是行家里手，从不做无用的劝告，杨真自己什么道理都懂。只是从这天起，她们寸步不离地跟着杨真。她没有亲姐姐，突然间就有了两个疼爱她的姐姐。

反倒是卢红雅，这些天彻底把心放下来。她不再每日必到，重新投入繁忙的工作当中。每次来看望女儿时，也都是信心满满。

一天，卢红雅拿出手机，放到杨真的眼前。“你爸听说你因公负伤，打了个电话来问情况。”

“哦，您怎么说？”杨真脸上浮现出少见的冰冷。

“我只是说你在恢复，没有危险。对了，你给他打个电话吧。”

杨真把手机推还给妈妈。“这事您就别再提了。”

爸爸和妈妈毕竟相爱过，她和父亲一点感情都没有。父母在杨真读大学二年级时离了婚，从那以后她就跟着妈妈，一年到头都不去生父那里。

这边，姑嫂二人帮助杨真恢复健康，那边肖亚霆带着助手，在迟健民和史青峰的配合下，仔细检查四名案犯，以及乔帅和王文龙的遗体。神经改造手术，生命科学界前所未有的尝试，肖亚霆就像站到金矿边上，夜以继日地在这些遗体上挖掘着新知识。

有时候，肖亚霆也请杨真回忆她在李文涛那里看到的一切——从实验装备到实验过程。“真可惜。”听着听着，肖亚霆长叹一声，“每年学术期刊上发表几千几万篇论文，里面到处都是垃圾，多得清扫都嫌费力。这种货真价实的成果却不能发表。”

终于有一天，在充满薰衣草香味的单人宿舍里，肖毅又一次和卢红雅双双出现。他们总是一起出出入入，开始杨真并未在意，现在却已经产生怀疑。“妈，您和肖老师很熟啊？”她悄悄地问卢红雅。

“当然，不熟的话，我能请得动他？”

妈妈主编《新科学人》杂志，出于业务需要，肯定认识一些顶尖科学家。不过看他们熟悉的程度，并非只是记者与采访对象的关系。“肖老师和我妈认识很久了？”等他们都离开，杨真悄悄地问肖亚雯。

“伯母让你把我当姐姐，那可不是随便说的！”

天啊！即使神经反应速度超常，好几秒钟后杨真才转过弯来，是不是自己聪明过头，猜错了。“你是说，你是说……他们……”

十年前，肖毅的妻子——和他一起创业的张岚在南极科考基地死于事故。当时，她正在研究极低温条件下人类的心理活动规律。一年前，卢红雅策划一套传记，名叫《中华科学勇士》系列，想记录中国科学史上在工作中殉职的专家，张岚就是其中一名。卢红雅为此专门采访肖毅，去了解他妻子生前的工作和生活情况。慢慢地，她也开始了解他们夫妻共同的事业，最后进入肖毅的私生活。

直到最近，他们才不再仅仅是工作关系。

“这事你们早就知道？”姑嫂二人对自己无微不至，如果只是医患关系，再敬业都不会到这份儿上。

“卢老师也不是故意要瞒你，她是想等你康复了再说。”

虽然神经系统的速度已经降了很多，杨真仍然思绪飞快，一些记忆碎片立刻在她脑子里拼接起来。是啊，怪不得当初自己想要肖老师的签名时，妈妈立刻就答应了，还对他的日常行踪了如指掌。卢红雅单身了十年，什么时候再婚都不意外。闲聊的时候，她还问过妈妈的私事，想象着将来的继父会是什么样，那边又会有怎样的亲戚，和他们相处起来难不难。

杨真怎么也不会想到，自己一下子便有了哥哥、嫂子和姐姐，并且是以这种身份与他们相处了这么久。

◆ ◆ ◆

“大家请到那边刷进门卡，然后从这里进去。”

昌平高新区，公安部科技司下属第一研究所院门口，韩悦宾给新同事们当起了导游。几个月前他才离开这里，调到高科技犯罪研究室。那时候他只是图上班离家近，现在可以不考虑这个因素了。机构升格为调查处以后，会有更多的任务派下来。一个男人三十出头，正是干事业的时候。

“这不折腾人吗？”杜丽霞拿着门卡，嚷嚷起来。“这能有什么技术含量？”

第一研究所是公安部的科研基地，在刑侦安保技术上不仅独步国内，而且全球领先。韩悦宾微微一笑，开始给这些没见过世面的同事讲解。“我们安保组在试验行为特征识别系统，先读取你的卡，然后记录你的动作特征，互相匹配。三到五次后你就不用刷卡了。走近门口，监控会通过行为特征认出是你。现在为了把程序校得更快、更准，需要各位配合一下。”

走进院门，韩悦宾带着同事来到监控技术实验区。“电影里面的小偷往摄像头上蒙件衣服，就能挡住监控，在我们这儿根本不可能。你们瞧，这是超声波监测系统，置于墙体内侧，没有突出部件，入侵者根本找不到它。”

韩悦宾又带着大家来到无人机实验区，里面大大小小放着十几种型号的无人机，他拿起一个垒球大小的家伙。“去年全国有两百多名警察在执行任务时殉职，要是普及了这个法宝，能有效减少牺牲。”

韩悦宾将无人机朝着天上用力一扔，小球飞到半空，弹出两只弧形翅膀，俯冲下来，在十几个人面前掠过。韩悦宾挥动遥控器，无人机收回翅膀，又变成一个圆球落在地上。

“用的时候只要像手雷一样抛出去，只要速度超过每小时五千米，它就自行启动，很方便。”

“它能做什么？还是用于监控？”史青峰问道。

“它除了监控，还能释放一万伏高压脉冲，就是一把飞行电击枪。”

“天啊，刚才我们不是很危险？”迟健民想起来一阵后怕，“莫非它能自动识别？”

“我们都有标识啊。”韩悦宾扬了扬手里的门卡。

“你们看谁来了！”蔡静茹眼尖，远远地看到杨真走了过来。她已经在训练中心闷了太久，想到新址看看大家。同事们立刻围上去，问长问短。每隔几天，杨真的生理机能就恢复一截，举止动作也变得正常起来。

杜丽霞像是发现了新大陆，抚摸着杨真的头发。“哇，你这个发型好酷啊。真的，我不是开玩笑。”

杨真的头发长出来一些，留着蘑菇发型。“对对，我也这么觉得，这发型你就别改了。”韩悦宾跟着起哄。

杨真早已出院，大家也没拿她当成病人，有事也会跑到训练中心找她。这天，杨真正在跑步机上做着负重跑，杜丽霞拿着一份打印文件走过来。“主任让我写个总结报告，给上级的。一会你看看，对你那些评语合不合适？”

杨真停下来，一边擦汗，一边翻到与自己有关的部分：在执行任务的过程中，杨真机智勇敢、不怕牺牲的精神，是她成功的关键。

“我想改这句。”

“哦，你说我记，回去就改。”杜丽霞拿出录音笔。

“嗯……在执行任务的过程中，杨真接受的专业教育是她成功的关键。这有可能会成为侦破高科技案件的重要条件，侦察人员必须具备足够的科学素养……你看这样改行吗？我也不谦虚，但是要说点符合实际的。”

“没问题！”

转眼春暖花开，杨真的生日快到了。她出生在3月15日，那时候“消费者权益日”的概念已经引入中国，卢红雅没事就借着生日夸她，说这个女儿很有质量。李汉云批准杨真按病假休息到那天。

康复训练快要结束了，母女俩坐在屋顶露台上，让春天的晚风吹拂着面庞。趁着祥和的气氛，卢红雅把她和肖毅的关系正式向女儿公开。杨真一点不吃惊，倒是让卢红雅吃惊不小。

“妈，你长本事了，找了这么好的老伴。”

“我才56岁，你说话时要把‘老’字去掉。”

“是是是，母亲大人。那……您看中肖老师什么了？别多讲，说最重要的一条。”

“他是个有人味儿的科学家。”

一直以来，提到杨真的生父，卢红雅只有一句评价——他是个没人味儿的科学家。杨真知道妈妈这句话的分量。

终于，负伤几个月后，杨真用新发型遮住疤痕，回到了她的岗位。

调查处进来一批研究生，把警员的平均年龄降到30岁以下。杨真还没来得及认全这些新面孔，一起大案就落在调查处的肩上，原子能研究院120项目的核心部件失窃！案发现场已经由当地警方控制，因为事涉高新科技，上级需要他们到场协助调查。

“120所失窃的这个设备简称微堆，顾名思义，就是微型原子能反应堆。”出发前，李汉云把几名骨干召集起来，让迟健民给他们恶补背景知识，“这个实验性微堆的研究目标是代替普通化学火箭，推动载人飞船去火星。它的功率远高于化学火箭，会把往返火星一次的时间缩短到120天内，所以叫‘120计划’。截止到失踪前，实验堆已经运行了一个月。”

往返火星？这个话题触动了杨真心中一片敏感区，不过她立刻把注意力拉回到眼前。

“这个微堆在全球处于什么水平？”龙剑在一边问道。

“现在是全球唯一！其他宇航大国也有核火箭，但只能用来给航天器调整飞行姿态，唯有120所这个微堆可以用于推进。”

“那么，会不会有国外军事间谍作案？”龙剑顺理成章地提出第二个问题。

“有这个可能，所以军方会来人一起调查。”遇到重点，李汉云会补充一句。其他时候，他会让这些部下自由讨论。

“它的屏蔽功能可靠吗？”杨真提到一个迫切的问题。

迟健民指指会议桌上的投影仪。“安全得很。要是把微堆摆在这个位置，咱们可以坐在它旁边继续开会。其他国家的微堆只用于无人航天器，120所搞的这个要放到宇航员身边！除非盗窃它的人想要故意泄漏辐射，否则危险不大。可它一旦丢失，我们也很难靠检测放射性来找到它。”

很安全？大家松了口气，又纷纷从不同角度提出问题。微堆的原料？钍232！堆芯要多久才需要替换？这是快中子增殖堆，消耗旧燃料时可以产生新燃料，理论上可以用四年！

“好吧，我能回答的就这么多，剩下的只能到现场问他们的核专家。”迟健民合上电脑。看看大家有了初步的知识准备，李汉云一招手，几个人钻进警车，迅速出发了。

现场远比大家预想的简陋，没有散热塔，不存在高耸的烟囱，只是一幢实验楼。如果说有什么奇特之处，就是楼里有一个30米长的水池，和星级宾馆游泳池大小差不多，此外就是各种仪器设备。由于事关重大，市公安厅刑侦队、国安局、军方的人都已经到齐。120项目的总工程师垂头丧气地站在水池边，不停地朝下面望几眼，仿佛微堆的核心构件还待在那里，随时会冒出来。

“怎么还有外国人？”看到水池旁边站着两名中年白人男子，龙剑嘀咕了一句。

“这是中美核安全框架内的合作项目。”外联组长杜丽霞给同事们做着解释，“所以，美方一直有人在这里监控。”

“好吧，既然大家都到齐了，就一起去做案情分析吧。”在场官员中，国安部门的干部级别最高，由他组织其他三个部门的人开现场会。案情乍听起来并不复杂，微堆的堆芯全重不过15公斤，外形类似手提箱。昨天深夜，两名当班技术员直接把它拆下来，装上研究所的密封货车运走了！从此不知所踪。

然而，在这种严格保密的地方，案情越简单，越发不可思议。按照操作规程，两名技术员平时不用走到水池旁边，只需待在监控室里。他们要进入现场，必须由研究院一名值班副总给出电子授权。微堆从系统中拆解出来，则要由安全处长解锁，然而，现场的警报系统却被破坏了，嫌疑人就是安全处长本人。

作为中美核安全协作项目，这里全天都有一名美方人员当班。昨夜的美方值班人不仅在事发时没有阻止，不发警报，本人也一起失踪了。

“甚至，事发当时周围一平方千米内的城市道路监控系统都出了问题，长达五分钟没有影像。”刑侦队长补充道，“我们在更大范围内通过监控寻找120所丢的那辆车，结果完全没出现。要么它就藏在这一平方千米范围内，要么，嫌疑人用最快速度改装了它的外表和车牌。”

“破坏警方监控系统？黑客有能力办到吗？”国安部门的干部提出质疑。

“警方监控系统与互联网在物理上隔离，只有内部警官才能改变。而且……”刑侦队长感觉自己在讲天方夜谭，仿佛说出来会被同行们嘲笑，但又不得不讲，“主管人员平时互相监督，如果要破坏系统，需要一个处长和两个值班警察共同作案。不过，昨晚恰恰是这三个人一起失踪。”

杨真在这群人里面级别最低，她坐在角落里听着案情介绍。侦查教科书上从来没有出现过这种案件。显然这是一次监守自盗，所有可能的涉案人员集体失踪。然而据案情推断，要做成这起案件，里里外外要有七八个部门，总共十二三个人合伙才行，其中还有一名是美国人。这些人没什么共同经历，大部分人互相不认识，更没有共同利益可言。他们要形成团伙的可能性极低。

难道，这些人集体参加了什么秘密组织，被洗了脑？或者有某种力量能够买通盗窃环节上的所有人？

“我不知道其他人的情况，我们所里这几名同志平时忠于职守，肯定没和什么犯罪组织有联系。”总工程师不避嫌疑，为失踪的四名部下辩护，“再说，他们偷这个东西做什么？虽然价值高达两亿人民币，可在市场上根本卖不出去。”

国安部门的干部提醒道，被盗微堆里面的核燃料已经降低了浓度，无法用作核武器。然而恐怖分子可以把它打开，用核燃料制造脏弹。甚至，他们不必造成真正的伤害，只要在一些人口密集的大都会里让放射性大大提高，制造恐慌，就足够瘫痪整座城市。

“当务之急还是怎么找到它。”李汉云提醒大家，“既然难以检测辐射，微堆上有没有跟踪装置？”

“有，但是被拆除了。”总工回答道。

120微堆的保护壳是其强项，就是放到这间会议室地板下面，屋里的探测器也查不到它的辐射。“用红外检测怎么样？这个微堆的功率是不是很大？”韩悦宾想到了办法。核燃料的链式反应一经启动就无法停止，会不间断地向周围空间辐射热量。

“是的，有50万瓦，差不多相当于五台供热站锅炉一起燃烧。”

如果是五台熊熊燃烧的锅炉，当然无法装在车里运走。不过，120微堆用四层真空壳包裹着堆芯，就是抱在怀里也感觉不到热量。这样，即使用红外侦查也不会发现它，然而迟健民立刻想到一个问题：“长时间不输出热量，堆芯会融化吧？”

一旦微堆被从实验系统上拆除，它就不再输出能量，相当于五台供暖锅炉产生的热量憋在堆芯里，纵使用真空壳包裹，也坚持不了很长时间。

“最多10分钟吧……”总工想了想，又打个折扣，“那还是在我们实验室的条件下，能够及时冷却。拿到外面，可能坚持不了五分钟。”

涉嫌监守自盗的人都是专家，这些情况他们也清楚。既然要偷，就必须在五分钟内将微堆接入另一个系统，让它重新输出热量。“这就好办了，红外侦查不能直接找到微堆，但可以找到一个50万瓦的可疑热源！”韩悦宾已经思考成熟。

当下各部门商定，以120项目大楼为中心，派出无人机，用红外探测器侦查周围地区。寻找一个高达50万瓦，但却没有备案的可疑热源。中午，大家暂时休会，围成几个圈子吃着快餐。“杨真，听过案情分析，你有什么想法吗？”龙剑凑过来问道。

“我……”杨真的专业是犯罪心理学，遇到医学问题还能了解一二，在这个案件里她暂时只能当听众，“我一直在想，什么动机才能让这么多不相干的人共同冒险。”

“哎，有个题外话想问你一下。”原来龙剑并不想聊眼前的案子，只是随便起个话题，他压低声音说道，“他们都当了组长，咱们外出第一线，劳苦功高，反而还是兵，你不觉得不公平？”

调研室既然改成调查处，侦查工作就是重点，可是他们这两个侦查员的位置却没有提升。“这个……主任怎么想，我哪里知道，可能是要亲自抓侦察工作吧？”

“你是主任嫡系，肯定知道得比我多。”

杨真很不喜欢这类话题，顺手拿起一杯饮料，递到龙剑面前。“要不再来一杯？”

龙剑知道她不想再谈，耸耸肩膀坐到一边，不再来讨没趣。

第三章　调查处

虽然已经定好了调查方向，但接下来的侦查并不顺利。相关方面出动无人侦察机，用红外侦测仪排查了3000平方千米，都没发现可疑热源，最大的可能是它早就被移出了北京主城。案发时值深夜，大型集装箱车辆会在那时集中入城送货，如果犯罪分子将堆芯能量导出系统安置在一个集装箱货车里，至少可以维持微堆几小时不出事故。利用这段时间，足够开到外地隐藏起来。

外松内紧，在确保消息不泄露的前提下，大批警察在附近排查着可疑情况。调查处也将此案当成头等大事，几个组长放下日常事务，都调到这个案子上来。分给杨真的任务是调查所有失踪者的家属。她要询问他们：失踪者最近接触过哪些可疑的人，做过什么看上去不对劲的事。

通过调查，杨真果然发现了一些问题。第二次碰头会上，她汇报了自己的调查结果："案发前一段时间，这些嫌疑人无论工作还是生活，基本都和以前一样按部就班。如果要找共同的疑点，那就是他们忽然变得很'宅'。多的有两个月，少的有20天，这些人都没离开过海淀区边界。”

杨真调出一张照片，放到投影仪上。“这是研究院里负责安全工作的处长。他喜欢户外运动，以前工休时经常和‘驴友’外出野营。但至少案发前45天内，他在网上拒绝一切邀请，只待在120项目大楼。还有这个人……”

一名警官的照片出现在墙上。“他负责120项目组附近地区的交通监控，已经确定是他切断了当时的道路监控。由于工作需要，他要经常去其他市区。但最近25天里，此人寻找一切理由拒绝离开海淀区。事发前，交警队领导还因为他不愿出门办事，对他进行了批评。”

那名美国专家的照片也出现在投影仪上。“最可疑的是这个人，他的美国同事说，刚来中国工作时，他们经常到三里屯泡吧，听美国来的歌手演唱。最近二十几天，此人坚决不离开研究所，完全拒绝一切社交活动。”

“他们这段时间都没离开海淀区？这个行政区划很重要吗？”李汉云用笔尖指着屏幕上的地图。

“其实，海淀区只是个大致范围，我想，这段时间他们可能‘宅’在一个更小的范围里。只是嫌疑人有十几名，案发前这两个月都去过哪里，即使用大数据技术也未必能查清。”

众人你看看我，我看看你。是的，这确实很可疑，不过这与微堆有什么关系？难道这些人突然不愿意出远门，是要经常聚起来，秘密商议怎么去盗窃微堆？然而，杨真自己的调查就能排除这个推测。

“我向这些嫌疑人的家属和同事出示过其他嫌疑人的照片。现在能确定一点，如果嫌疑人之间是同事，那么他们只在单位接触，平时不来往。如果没有同事关系，则在家庭和单位这两处空间里都没有接触。当然，私下里有没有接触，现在还不清楚。”

“难道，案发前他们开过很多次秘密论证会？”龙剑半开玩笑地说道。

“他们有没有聚会过，现在很难有证据。但至少网监处给我们提供的信息表明，这些人在网络上完全没有互相联系过。”杨真的专业要求她从嫌疑人的行为异常入手来研究案情，“这些人大部分身居要职，平时在单位很忙。但据我调查，他们在案发前一段时间里，就只在家庭和单位进行两点一线的活动，其他哪里都不去。”

他们没用网络联系？这一点也说明不了什么。失踪人员里面既有高级警官，也有安全主管，他们知道互联网上监控很严，保不住秘密。如果这些人构成团伙，当然会故意回避使用网络联系。

“‘宅’着不动……你能从这点上推断出什么吗？”李汉云更想听听杨真的推断。然而和预料的一样，杨真摇摇头。

“我只是认为这个现象很奇怪，如果排除这条的话，那这十几个人之间就再没有共同疑点了。不过……迟组长，你说过，失窃微堆原定用来做飞船的引擎？”

迟健民再次补充说明了微堆的用途：“将来，大功率化学火箭会把载人火星飞船分成四截送上地球轨道，在那里组装成完整的飞船，其中包括安装上以微堆为原动力的核火箭。然后，飞船再从轨道启动前往火星。

“……核动力火星飞船会配上五个这样的微堆，把质量150吨的飞船加速到每秒30多千米，是第三宇宙速度的两倍，现在这些传统的化学火箭不可能达到这个速度。”

“那把它放在地面用，是不是相当于一座小型发电站？”杨真不是核专家，思路上反而不受约束。

“那倒是可以，一个微堆估计能给一所几千人的学校供电。可是，谁会为这点电花这么大代价？”迟健民还沉浸在原来的思路中。

迄今为止，专案组都把犯罪动机指向恐怖袭击。如果嫌疑人本身不搞恐怖行动，也最有可能把它卖给恐怖分子。没人联想起微堆的原始用途，它本身就是个便携式独立能源。也许，它可以驱动一座毒品加工厂、一座地下兵工厂。或者维持一座高耗电的秘密实验室？他们不是刚破获这类案件吗？

“如果他们把微堆接入一个小型发电系统，再做一个更大的真空壳，把它屏蔽在里面，红外侦察是否同样找不到？”杨真凭借自己了解的有限知识，提出了这种可能性。

“你说得对！”迟健民终于开了窍，接着杨真的思路推导下去。“如果用它作热源，搞个微型电站……只用液氢作循环介质，不用冷却水……整个发电系统不超过100平方米！”

100平方米？一间地下室不就可以放得下？果真如此，专案组只能让大批警察一幢幢楼去敲门，这样导致的公众恐慌与核泄漏相比，不知道哪个更危险。李汉云与此案其他主管部门反复商议，都觉得这个调查方向没有可行性，只能按照以前的侦查思路继续进行。

时间一天天过去，不仅微堆没找到，十几名嫌疑人也都没露面。他们中间没人带走哪怕一张银行卡，也没人通过手机进行过支付。案发当天，他们全部丢弃了自己的手机。

甚至，只要他们中的某个人路过一家商店或者某处街头，都会被监控镜头捕捉到。然而他们彻底在人间蒸发了，从一个布满监控摄像头的城市里消失得无影无踪。

一个犯罪团伙的成员越多，彼此间矛盾就越多，暴露的可能性也就越大。现在，这个规律失效了。他们隐藏得滴水不漏，甚至有人怀疑，这些人是否已经被统一灭口了！

120专案陷入死胡同，直到另外一个案件浮出水面。

科学无国界，那么科学家呢？如果有1000位科学家的安全不分国界，由各国警方统一保护，会是怎样的情形？

120微堆迟迟找不到，成为无头案，上级决定暂时由国安部门主抓。这天，李汉云给处里几个骨干开了个会，传达另外一个决定，高科技犯罪调查处将成为“科学1000人”保护计划中方对口单位。

科学家的人身安全不仅涉及本人利益，更影响到他们那些造福人类的研究课题。在马航H17事件中，就有几名全球顶级艾滋病专家同时遇难。事件发生后，全球一些主要国家的安全部门就此问题展开协商，最终共同拟定了一份全球各领域顶级科学家名单，无论他们在哪国向当地警方求助，当事国警方都要给予重点帮助。首批名单上共有1000人，这个协议就简称“科学1000人计划”。

“也就是说，名单上的人哪怕只是到中国旅游，哪怕只是丢个钱包或出了交通事故，只要惊动中国警方，我们就得去专人提供帮助？”史青峰质疑道，“这不是一种特权吗？”

“不只是外国专家到中国，名单上还有一百多位中国科学家。”杜丽霞提醒他，“咱们的专家到了外国，也享有这些安全特权。”

李汉云给大家做着解释，对这1000人给予严密保护，不仅是要让他们的人身更安全，为人类做出更大贡献，也是要防止他们遭遇威胁，被迫向犯罪分子提供危险技术，甚至要防止其中个别人利用掌握的先进科技从事犯罪。

“总之，这个计划既是保护，也是监控。以后，凡与这1000人有关的案件，只要在中国境内发生，就会报到我们这里来。国外同行调查与他们有关的案件，需要中国政府协助，也会由我们出面接洽。名单上的中国专家在国外出事，咱们处也会第一时间知道情况，出面与外国同行合作。”

“那这些专家岂不是和国际恐怖组织嫌疑犯待遇类似？”韩悦宾打趣道。

“也可以这么理解，越是出色的科学成果，对社会越有潜在威胁。”李汉云特意强调这一点，这是当初他竭力申请创办调研室的初衷，“至于咱们处本身的分工，这1000人都处于各自行业的科技前沿，就由迟健民和杜丽霞直接负责，其他组必要时给予协助。”

“那……现在我们的具体任务是……”杨真还是觉得有点模糊。

“先把咱们处与海关和警方的联系机制建立起来，保证随时了解这1000人的近况。”

“科学1000人”的名单按学科划分。杨真翻到“心理学界”一栏，果然看到了“肖毅”的名字。“主任，这个计划要通知受保护者本人吗？”

“要通知，要让他们了解，不管到哪个国家，出了事警方都会优先处理。对，肖老师那儿就由你去通知吧。”

名单上的人既非团伙头目，也不是江湖大盗，对这个1000人的保护计划，大家一开始并没有迫切感。高科技犯罪调查处刚成立，公安和国安系统里面很多人都还不知道他们的存在。几个年轻人要拿着文件一家家去跑，来建立这套信息共享系统。

没想到第二天，迟健民就从名单中发现了一个失踪者。“四川省李跃，3D打印专家，已经失踪了一个月！”

李跃带领的团队不断钻研3D打印的精细度，已经打印出宽度只有100纳米的精细结构，相当于能复制一个细胞的轮廓！一个月前，李跃来北京参加学术交流，就此失踪。当时这个千人计划还没有实施，基层警方只是按传统程序进行调查，结果毫无头绪。

第三天，龙剑也在名单中发现了问题。“美国杜邦公司首席技术官、材料专家史蒂夫，两个月前在北京失踪，至今下落不明。”

“他研究什么专业？”李汉云问道。

“超细合成纤维，大体上……类似于蜘蛛侠喷的那种东西。纤维非常细，但是强度极大！”

千人名单由各个国际科学组织拟定，最近才完成。李汉云命令大家迅速核对，发现名单上只有这两个人失踪。“别忘了，120案件里也有专家失踪。”杜丽霞提醒大家，那十几个失踪人员里面有三名核技术专家，“以他们的成就，虽然进不了这个千人名单，但也都算专业人士啊。”

“正确，大家先别受这个名单约束，调查一下最近有什么科技人员的失踪案。”李汉云安排杜丽霞回公安部寻找线索，结果又发现两名信息专家和一名通信专家于近期失踪。

大家望着墙上的线索分布图，疑点已经摆在大家眼前。包括“科学1000人计划”中的两名失踪者，所有人最后出现的地方都在海淀区，时间都在最近80天内。没人被找到，哪怕是一具尸体或是一件遗物！

失踪人员都不是富翁，但他们掌握的技术却是无价之宝，这才是最大的危险。“你们觉得，如果有人绑架他们，能够做什么？”李汉云用手在地图上画了个圈，问手下这些年轻专家。当初组建这个部门，李汉云的选材范围很有限，只能从公安系统里挑选懂技术的年轻人。除了韩悦宾，没人参加过科技实践，论知识比不上各领域的专家，但他的优点在于能从司法角度来看待问题。

龙剑率先发言，认为这几起有可能都是孤立案件，失踪者的工作领域没什么交叉之处。“也许有人遭遇车祸，被人抛尸。也许有人失足落水，现在还没找到尸体。现在科技人员这么多，几万人里面有一两个人失踪，与其他人群相比没什么不同。”

蔡静茹也不觉得这些人之间有什么联系，但她认为，很可能有反科学倾向的恐怖分子随机朝科技人员下手。这种案件在国外发生过，现在国门大开，西方有些偏执的反科学暴力分子潜入中国搞事情，也并非不可能。

“你们还记得卡钦斯基案件吗？”蔡静茹在美国留学时，这个案件曾经让她十分震惊。“这个美国恐怖分子以抵制科学为理想，重点就是消灭每个领域里面顶尖的几个人。那时中国科技水平很落后，不会成为这类人的目标，现在完全不同。我担心，这些失踪人员可能不在人世了。”

“大家别忘了，这三个人和其他失踪者不一样。”韩悦宾站出来反驳，“我指的是120所的三个专家，他们可不是被谁绑架的。”

“但是，我们怎么知道其他人不是自行失踪呢？”杨真忽然冒出一句，“应该向警方了解一下，他们失踪时，身边有没有什么技术样品一起失踪？”

果然，警方提供的证据表明，所有这些专家失踪时都携带着技术样品。最大可能是某个神秘组织连人带样品一起劫走。最小的可能，也许只有万分之一的概率，是所有这些人都在监守自盗！

“这个最小可能，我倒并不觉得它很小。”杨真虽然也没有证据链，但是却坚持这个最古怪的推测，“你们想想，他们都是学术‘大咖’，来北京参加科学交流都乘飞机，住五星酒店，进出科研院所，这些地方的监控系统很完善。有人把他们从这些地方绑架走，比他们自己隐藏起来要难得多！”

“你觉得他们都还活着？”蔡静茹的预感远没那么乐观。在座诸人当中，也只有她见识过发达国家反科学暴力分子的恐怖。“那些人觉得自己很正义，所以杀人、放火、搞爆炸，什么都做得出来。”

“可是没找到尸体，就不能认为他们已经死了。”杨真坚持己见，“只不过鉴于这些人的职业道德水平，我更怀疑他们是遭遇到胁迫。”

“如果真是阴谋，这场阴谋得有多大！”迟健民半天没发言，是因为他觉得案情违反了基本常识，“如果照你们猜的那样，从微堆失踪，到这些专家失踪，全部都由一个犯罪组织来实施。你们想想，谁能在中国干这么大一票案子？地下邪教？私人企业？恐怕美中情局都办不到吧？”

是啊，谁能有这么大能量，能把这么多失踪案搞得滴水不漏？如果真有这样的组织，而且就潜伏在中国首都，那岂不是对国家安全形成巨大威胁？

迟健民带了头，史青峰也提出质疑：“别忘了，120项目案还涉及警官以及美国人。不管胁迫也好，洗脑也好，把科学家和警官一起摆平，把中国人和外国人一起摆平，甚至需要摆平谁就能摆平谁。依我看，人类还没有这种水平，犯罪分子一定是外星人！”

是的，这已经远远超越了常识。但是证据出现在杨真眼前时，她怎么看怎么像是同一起案件。

自从领导调研室以来，李汉云仍然保持着学者的习惯。他让大家各抒己见，直到都提不出新看法，才宣布自己的决定："逻辑上缺失的环节，只有靠调查来补充。刚才讨论出这么多疑点，大家分头去调查吧！"

正像龙剑担心的那样，调查处草草成立，还没有足够的侦查人员。研究完案情，制定了调查方案，他们还得靠地方警力去落实。于是，龙剑和杨真分别去和几起失踪案的主管部门联系，调阅案卷，组织侦查。读着案卷，杨真眉头紧锁。如果真有某个神秘组织做下这一系列案件，其能量之大，远非李文涛他们可以相提并论！

办案之余，杨真回到中国人民公安大学参加校友聚会。她从穿着警服的同窗身边走过，频频向熟人打招呼，最后走进大礼堂。曾经有七年时间，杨真在这里聆听各种演讲，其中就包括李汉云有关高科技犯罪规律的分析。她自己还曾经登上讲坛，给师弟师妹传授学习经验。

也正是在这座礼堂的走廊中，她与韩津爆发了最后一次争吵，原因还是那个八竿子打不着的美国老女人。

“你不能这样批评她。”

“为什么？她的论据不全面，我当然可以指出来。”

“其实农药危害并不是重点，雷切尔·卡森是对抗大型联合企业的英雄！”

杨真指指自己的鼻子尖。“那你了解不了解我？你看我算大型联合企业的狗腿子吗？说出一个客观真理，难道还要先选立场？”

“当然要选立场！真实不真实无所谓，关键是公平、正义！”

“事实都是假的，哪来公平和正义？”

“……”

话讲到这个分儿上，他们已经不可能再相处下去。“那好，请你永远记住我的名字！”杨真跺了跺脚，扬长而去。她的名字是父亲起的，有很多次向陌生人报出名号，对方都以为是“杨珍”。这个不男不女的名字曾经很让她苦恼，甚至想去派出所改过来。只有在那天晚上，她才对这个名字无比自豪。

不不不，为什么又想起他？都是一千几百天前的事了！杨真快步走向几个女同学，大声和她们打招呼，想用这种办法来冲淡回忆。

礼堂一侧接待室里摆着饮料和水果，各届学友分散各处，聊天叙旧。一个男警官走过来和她握手。他叫潘景涛，刑侦专业研究生，现在到海淀区一个基层派出所挂职所长。

“杨真，潘哥现在可牛了，刚得到市局嘉奖。”一个同学挤过来说道。

“真的吗？祝贺你啊！”

“没什么，不值一提，那个奖我坐在屋子里就拿了。”

“你这是谦虚还是吹牛？我怎么分不出来？”旁边的同学开过玩笑，便离开他们找别人聊天去了。眼看周围没有别人，潘景涛严肃起来。

“杨真，咱们同学里面，数你的思路最开阔，有个疑点我想请教你一下。”

这个疑点正是潘景涛得到的嘉奖，在他所负责的片区里，这半年犯罪率下降了95%！“可是，这半年我做了什么特殊工作？没有！以前做什么现在还做什么。市局让我写经验总结，都把我愁死了，我哪有什么成功经验。”

杨真知道潘景涛那个片区的位置，里面不是高校就是科研院所。“你们那里人口素质高，犯罪率低也正常吧？”

“再低，以前也有些案子，今年突然下降那么多，连小偷小摸都绝迹了。”

“所以你觉得不正常？”

潘景涛指指礼堂，说：“你想，如果这里突然静下来，半年都没声音，你觉得正常吗？”

没等杨真回答，又有几个同学走过来叙旧，打断了他们的谈话。很快，杨真便把这件事抛到了脑后。没有切身体验，她还体会不到万籁俱寂造成的恐怖。

第四章　凶狠的肉票

“您好，我是《国际风投》网站记者，感谢您在百忙当中接受我的采访。”

“没关系，接触媒体也是我的工作内容。”江涛的回答字正腔圆，举止得体。如果给他切个近景，就像是电视台主播在念新闻稿。

“江涛先生，您在最近半年连续投资多项高科技产业项目，押得都很准，大有收获，被同行称为风投奇才。可以向大家介绍一下您是怎么做到的吗？”

记者嘴上问得甜，心里却有点酸。这个江涛和自己年纪差不多，也就30岁上下，资产已经暴涨到两个亿。然而就在一年前，此人还不知道在哪个角落里胡混。发迹这么快，鬼才相信他没背景。一定要揭露这种不明不白的暴富，不为社会公平，至少也给自己解解气。

江涛不知道记者的心思，仍然报以职业化的微笑。“其实，大家只看到我在端线上起跳的瞬间，没看到我多年的助跑。答案很简单，这半年的成就来源于以前漫长的专业积累。”

漫长？就算这个江涛本科毕业便入职，现在也没有十年吧？记者绕了几个弯，顺利拐进敏感话题——江涛的资金来源为什么如此神秘？他是不是白手套？江涛的生意横跨很多高科技领域，手下又没有技术专家，如何判断它们的价值？真没利用内幕消息吗？

江涛面带微笑，对答如流，风雨不透。从电子材料到无线传输，从生物医疗到基因工程，从信息技术到分布式发电，从金融规律到最近国际投资行情变化，仿佛一本活体百科全书。他不看稿子，不用秘书，从容回答十几个记者的问题，直到这群人问无可问为止。

我的天，他怎么能懂这么多？真像他吹的那样是个超级“知本家”？记者们无不叹服。

应付完记者会，江涛开上雪佛莱，返回浅水湾高档社区，那里有他刚买的房。车子驶入小区地下停车场，江涛钻出车门，用遥控锁锁好，夹着文件袋向电梯口走去。突然，停车库里灯光全灭。昏暗中传来挣扎声，还有被硬挤回喉咙的呼叫声。

“小陈、麻脸，里面怎么了？”出口那里有个保安朝里面问道。黑暗中传回一个声音：“可能总闸掉了，我去看看，这种新建小区工程质量真是差。”

很快，车库灯光恢复，两个穿着保安制服的人从里面走到出口处。“修好了？”门口的保安问道。

“就是跳闸，线路肯定有问题。”

“你们去哪？”

“有点闷，我们出去转转。”

两个保安钻过护杆，走出车库。一辆桑塔纳跟着从车库里驶出来，车窗上贴着膜，看不清车内情形。数字监控识别出车牌号，门禁自动打开。车子驶出车库，拐了几道弯，来到小区附近一条僻静小路。这里刚刚完工不久，住户很少，周围灯光幽暗。刚才那两个保安从树丛里跑过来，钻进轿车后排，车子重新开动。

后排座上，两个保安将昏迷不醒的江涛扶正，把他斜靠在座位上，江涛的额头上渗出血迹。司机抬手开了灯。“他怎么……”

“把灯关了！别让人看到。”一个保安被灯光吓了一跳，大声招呼着司机。

车子里恢复了黑暗。“咱们去哪？”司机问道。

“西五环外，地方我准备好了。”

“他一会儿醒了怎么办？”

保安掏出一块湿巾捂在江涛脸上。“我有麻药，保证他再睡一小时。”

……

周围无人，司机将车子停下。两个保安脱掉制服，把它们扔进路边垃圾箱。这一票不管干成干不成，他们都不能再穿这身皮。车子载着这四个人朝着郊外狂奔。

不远处，一辆尼桑车驶过路口。开车的人叫程晓伟，是电子工程师，身后坐着妻子和孩子。今天儿子中考发挥不错，一家人刚刚去电影院给他庆祝。现在散场回家，三个人在车里有说有笑。

忽然，程晓伟止住话头，驾驶轿车拐了个弯。“咦，你怎么往这边拐，方向不对啊？”妻子吃了一惊，连忙询问。

“我想起单位有件事……”

“什么事这么晚还要处理？”妻子嘟囔着，“你要回去也行，那也先把我们送回家啊。”

一瞬间，程晓伟不再是平时的暖男形象，神色紧张，对妻子的话置之不理，边开车边向四外张望。“晓伟，我和你说话呢，你怎么啦？”妻子不满地嚷嚷起来。

开到十字路口，程晓伟遇上红灯，只好停在斑马线前。绑架江涛的那辆车从前面横穿而过，程晓伟盯着那辆车，仿佛透过拉紧的窗看到了后座上的江涛。

“你到底怎么啦？这也不是去你公司的方向啊。”没听到丈夫回答，妻子愈发不满。

“是啊，爸爸，您没喝酒，怎么就醉了？”儿子开着玩笑。

绿灯亮起，程晓伟发动车子，朝着住家方向拐去，温暖的笑容再次堆上面孔。“老婆大人，我有点犯迷糊，可能这几天太累。走走走，今天是咱们的家庭时间，什么事都明天再说。”

很快，桑塔纳驶出西五环，后座上的江涛突然触电般全身弓起，像案板上的活鱼一样翻滚着，两个保安用力压住他。“啊——”一声惨叫把司机吓了一跳，握着方向盘的手一哆嗦，车子差点撞到路中央的隔离带。

原来，江涛凶狠地咬了一个保安的胳膊，生生啃下一块肉！另一个保安猛击他的太阳穴，才算让他重新安静下来。“你……你那个麻药管用不？别是网上买的假货吧？”司机看到血，惊恐地问。

"啊……啊……"保安一边包扎着伤口，一边连声惨叫，"我从医院里拿的……天啊，疼死我了。"

"看看他死了没有？死了事情就大了。"司机招呼道。

"活着，活着，还有气！"另一个保安摸着江涛的鼻息。这三个人密谋绑架属于临时起意，一遇到事就手忙脚乱。

驶离大路，桑塔纳开上乡间小道，最后停在一个前后连人影都没有的地方。现在已是晚上十点，两个保安下了车，左右张望。确信无人经过，便把昏迷不醒的江涛拖出来，架进一间废弃的汽修厂。他们把江涛绑在一把早就准备好的破椅子上。司机先是查看了一下所有的窗户，不错，都已经被木板钉死，之后打开一盏应急灯，照着江涛的脸。没受伤的保安拎过一桶冷水，浇到江涛头上。

摇晃了几下脑袋后，江涛仍然没有完全清醒，受伤的保安狠狠扇了他几个耳光。"哪里……这是哪里……"江涛望着四周，呻吟着。

司机掏出江涛的手机，放到他面前的桌子上。"别管这是哪儿。赶快打电话给你家里人，准备五百万现金。我们只求财，不害命……唉，你到底有没有听我讲话？"

应急灯下，只见江涛的眼球不停地往上翻，脸部肌肉大幅度跳动着。很快，身上的肌肉也抽搐起来，像是有股强大电流通过他的身体。保安拿着应急灯，走到江涛身边照着他的脸。

“这是怎么了？癫痫病发作？”

“反正不对劲，是不是刚才你那一下子擂得太狠？把他脑子打坏啦？”

“也许犯毒瘾了，他这么有钱，会不会一直吸毒？”

三个人正在议论，江涛猛地站起来，那把椅子本来就不结实，被他带得一下子四分五裂，半把椅子还绑在身上。江涛一反平时的细声慢语，雷霆般地怒吼着：“这是哪儿！你们把我带出多远！”

一个身材瘦弱的生意人，突然迸发出凶悍的气势，把三个绑匪吓得后退几步。一个保安壮起胆子，逼了上来。“少废话，你现在……”

江涛低下头，用尽全身力气将他撞飞。另外两个人扑上来，想把江涛按住。只见他全身扭动，奋力挣扎，像是吞下几大杯兴奋剂，两个绑匪都被摔了出去。江涛野兽般吼叫着，用力挣脱绑住手腕的绳子。捆得太紧，随着他在用力，绳子深深勒进皮肉，鲜血直流。

不知是因为疼痛、愤怒还是恐惧，江涛的脸彻底扭曲，像是一头狼人正从他的皮肤下面钻出来。三个绑匪见此情形，吓得退到一边，互相推搡，谁也不敢上来。

绑住双手的绳子被挣断了，也许割出了深深的伤口，也许已经导致腕骨骨折，然而江涛完全不知道疼痛，挥舞双臂冲向一个保安，鲜血从他的手腕上涌出来，淋在墙上，洒在地上。江涛浑然不顾，双手死死卡住保安的脖子。另一个保安和司机一起，从背后双双扑上来，抓住江涛，想用力把他拉开。

江涛纹丝不动，转过身，狠狠咬向司机的脖子。“啊………唔……”司机的喉管居然被咬断，声音卡在里面发不出来。江涛松开他，吐出一块皮肉。司机捂着脖子，瘫倒在地。

他们这么一折腾，惊动了附近的村民。几个正在打牌的农民感觉不对劲儿，从院子里跑出来，大家抄起棍棒，向惨叫声传来的方向摸去。他们知道那是村头报废的汽修厂，夜已经很深，里面隐约传来厮打声。村民们又分头招呼了一些人，大家围上去，汽修厂铁门从里面被某种力量一下下撞击着，惨叫声连续不断。

村民们不知道是应该先看个究竟，还是先报警，站在那里议论纷纷。终于，铁门从里面被撞开，血肉模糊的保安摔了出来，倒在门口一动不动。江涛仿佛凶神附体，恶狠狠地从他身上踩过去，走向停在路边的桑塔纳，车钥匙还插在上面。

直到江涛驶车离开，村民们才清醒过来，马上拨打报警电话。

回去！一定要回去！必须马上回去！

坐在驾驶位上，江涛已经全身是血，还有一些鲜血正从手腕处流出来。江涛的神经仿佛已经断掉，听任鲜血顺着胳膊流下来。前面就是城区，江涛踩死油门，疯狂地驶向那片灯火，好像溺水者奋力游向水面。

一路上，桑塔纳险些和几辆同行车辆追尾，还撞断了一辆车的后视镜。然而江涛不管不顾，油门踩到底，把一连串怒骂甩在后面。个别司机本想追上来理论，看到他这么不顾性命地朝前飞驶，只好作罢。

前面是一个三岔路口，江涛毫不减速，猛踩油门。突然，一辆大卡车从右后方高速驶过来，并线到一处，从侧面撞向桑塔纳。江涛似乎早有预料，猛打方向盘，躲开这一撞。那辆大卡车继续向他挤撞，江涛无奈，只好拐上另外一条路。黑暗中又出现两辆轿车，向江涛夹击过来，里面坐着几个人，有男有女，有人穿着实验室的白大褂，有人穿着正装，但在仓促间扣错了扣子，甚至有人还穿着睡衣，看样子都是匆匆集合起来的。

所有这些人都透过敞开的车窗，冰冷地盯着江涛，仿佛在看一个死人!

或者，他们在看一个活人怎么死去。

在三辆车连环夹击下，江涛终于被逼下公路，刹车不及，撞到一棵树上。江涛挣扎着从车门里爬出来。那三辆车已经围上来，所有人都跳下车，把他团团围住。

“不不不，我不是故意离开‘我们’，我被绑架了。这是意外，我要马上回来，马上……”

一个30多岁的男人开了口，声音缓慢而机械，与其说是在说话，不如说是在念经。“我理解你回来的心情有多迫切，但你全身是血，肯定与绑匪搏斗过。”

在他旁边，一个同龄女人用类似的音调接了茬：“你能逃出来，肯定先要将他们全部重伤，甚至杀死。”

程晓伟也在这群人里面，现在他完全不再是顾家的丈夫，甚至不像活人，更似木偶。妻儿都已经睡下，他才脱身出来加入这场追捕。现在，轮到他开始念经：“出事时间这么短，你不可能处理好现场。”

开卡车的年轻人也挤过来，说：“所以，你被警察发现的可能性极大。”

更有一名金发碧眼的白人站到江涛背后，一开口，却说着字正腔圆的普通话：“不能因为你暴露‘我们’。”

最后，一个中年男人说出了结论：“不要恐惧，你不会死，而是在‘我们’中永生。”

十来个人分乘三辆车，跑过来把江涛团团围住，却看不出谁是这次行动的领头人。每个人都用同样的姿势走向江涛，用同样的语气和他说话，甚至语速都没有区别。如果不是出自不同的喉咙，简直就像一个人在讲话。

江涛彻底明白了眼前的处境，惊恐地摆着手：“不不不，警察不会发现，我现在就回到‘我们’中来，马上、立刻，不——你们不能——”

江涛的哀求声在夜幕中戛然而止。

汽修厂附近的村民们打过报警电话后，壮着胆子走进现场。他们在室内又找到两名死者，身上像被猛兽咬了很多口。他们又用电话把这些惨景告诉警察。闻讯后，十几辆警车，一辆特警专用车和两辆救护车赶到这里。警察们进进出出，有的处置尸体，有的勘查现场，有的向目击者询问情况。

程晓伟驾驶着尼桑车，在两百米外的公路上悄悄驶过。他和车上的几个人远远地观察着汽修厂这边的情况。车速并未减慢，警察们都在现场忙碌，谁也没注意远处驶过的这辆车。

第五章　我是追星族

“天啊，是他来了！”

“谁啊？”

“里佐拉蒂！”杨真指指监视器上出现的一本意大利护照，兴奋地报出一个意大利人名。同事们齐齐摇头，没人知道他是谁。“他是心理学界的哥白尼啊，你们都没听过吗？”

“我只知道天文学界的哥白尼。”

“心理学家我只听过弗洛伊德，对了，还有咱们的顾问肖老师。”

“虽然不认识这个人，不过听上去好厉害的样子啊。”

杨真冲大家做了个鬼脸。“好好好，知道你们想打击我的自尊，不过里佐拉蒂学术上真的很牛。明天谁替一下班？我要去听大师的讲座。”

为组建“科学1000人计划”中国调度中心，高科技犯罪调查处安排了专门的场地与设备，并由外联组长杜丽霞负责此事。她手下的新兵不够用时，其他部门的人会临时帮把手。今天轮到杨真接班，在调度中心值守，正赶上海关把名单中一个外国专家的资料传过来，此人刚在半小时前入境。

杜丽霞答应了杨真的请求：“你真是个怪物，倒班不是去谈恋爱，听什么讲座啊。”

“谢谢杜姐支持，我有自己的星要追。”

第二天，杨真换好便服，来到中国心理学会，那里正在举行国际生理心理学年会。作为犯罪心理学博士，杨真也是中国心理学会会员，凭这个身份，她挤进坐得满满的会议厅。

里佐拉蒂年过六旬，来自意大利帕尔马大学。离开这个院子，大街上没人听过他的名字。里佐拉蒂站上讲坛，背后屏幕上展示出他的身份和贡献。

“女士们，先生们，各国心理学界同事们，大家好。作为同行，你们肯定都知道情绪的心理学定义。传统上，心理学将情绪定义为有机体对环境刺激产生的一种反应。然而，现实中的情绪反应真都是这样吗？现在我来做个实验。”

说着，里佐拉蒂挽起袖子，露出左臂，然后打开文件夹，拿出一把裁纸刀，在左臂上割出一道深深的口子！

听众席上一阵大呼小叫，鲜血从他的胳膊上淌下来，滴在讲台上，触目惊心。尽管在座的大多是心理学家，都估计里面有诈，但这一幕仍然让他们产生本能反应。杨真看到这个情形，心里也是一阵反胃。

里佐拉蒂镇定地说："刀划在我身上，你们的身体并没有受到伤害，但是刚才大家心里体验到什么呢？恶心？震撼？甚至轻微的痛感？有没有？"

不少听众在点头。"先生……您要不要先包扎一下？"有个年轻听众显然还没看出门道。里佐拉蒂笑了笑，从左臂上撕下一块东西，原来是从电影道具师那里借用的微型血袋，表演前将它紧贴在胳膊上，再覆盖以乳胶制作的假皮肤。

"现实就是这样，如果必须亲身经历伤害才能出现心理反应，人类存活不到今天。别人的遭遇会在我们心理上产生近似反应，这就是镜像神经元的功能。有关这种神经元的发现过程，你们都已经很熟悉了，现在请允许我探讨这一发现在现实中的作用。"

里佐拉蒂敲击电脑键盘，背后屏幕上出现了动作电影中的暴力镜头。"过去几十年间，影视界坚决否认一个常识，那就是暴力画面会激发观众的暴力行为。他们雇请我们的各国同行，拿出成堆的统计资料，认为这只是人们的刻板印象，与实际情况不符。不幸的是，我这里有另外的研究结果，能支持公众的常识。”

里佐拉蒂继续敲击键盘，投影仪上出现三幅脑血流成像图。“这些脑成像来自同一位17岁的被试。左面是他连续击打沙袋时的脑成像；右边那幅记录时，他正在观看格斗电影；中间则是安静状态下的他。显然，左右两幅高度相似。这意味着，一个人仅仅观看他人的暴力行为，就会激发类似的心理反应。”

观众们饶有兴味地听着，投影仪上又出现三幅脑血流成像图。

“这是一位20岁的被试。第一张图是他在自动驾驶仪上进行操作时的脑成像；录制第二张图时，他正在观看《速度与激情》，一部展现飙车的片子；第三张图是他在安静状态下的脑成像。显然，我们又能从前两张图片中发现高度的相似性。”

里佐拉蒂转身朝向听众。“各位同行，人类目击他人的动作，大脑所呈现的反应与自己做出同样动作时非常相似，这就是镜像神经元的魔力。通过它，我们才能理解别人的行为。当然……”他指指屏幕上的图片，“这些影视材料都比较暴力。也许在今后的实验里，我会让被试观看教徒祈祷、诵经，或者德雷莎修女如何救助穷苦人，看看能不能激发出被试同样的心理反应。”

讲述完毕，听众纷纷向他鼓掌。轮到大家提问，杨真抢到一个机会。

“里佐拉蒂先生，这是否意味着遗传与环境的老问题又有了新答案？在暴力环境下长大的孩子，经常目睹周围的暴力行为，大脑更容易形成暴力反应模式？”

“我们很难去研究贫民区的孩子。你知道，心理学家要寻找被试，大部分都是学生、同事，甚至自己。”里佐拉蒂摊摊手，“道德家可以尽情去议论，但我们是科学家，回答问题之前得好好搜集证据。在证据齐备之前，抱歉，我没有你这个问题的答案。”

里佐拉蒂这次来北京，不光参加学术会议，还应邀参观一座刚落成的心理实验大楼。主持这个实验楼的人是他的两位中国爱徒。傍晚，一辆奔驰轿车将里佐拉蒂接到开发区，一幢金属玻璃外墙的崭新建筑矗立在那里。论体量自然比不了大型商厦，但是仍然让里佐拉蒂羡慕不已。

“整幢楼都是心理实验中心？”

“是的，区领导动员几个企业家捐款修建，目前是中国最大的综合心理实验楼。”里佐拉蒂当年的学生，心理实验中心主任高峰做着介绍。

“可能在全世界都算最大吧？”里佐拉蒂望着大楼的轮廓，联想起他工作的那幢建于19世纪的实验楼，羡慕不已。

“这很有可能，以前人们根本不认为搞心理实验还要使用很多硬件。”高峰的妻子范丽接了口，她也是里佐拉蒂的爱徒。两人正是在里佐拉蒂手下读研究生时相识、相爱，最后结合。

里佐拉蒂啧啧称奇，跟着他们走进大楼。高峰和范丽并没有请老师参观各科实验室，而是直接把他请到接待室，端上咖啡。“Illy牌，您的家乡货。”范丽微笑着。夫妻二人坐在老师对面，脸上都浮现着奇异的笑容。有哪里不对劲？这种笑容机械、整齐划一，他们的坐姿几乎一模一样，里佐拉蒂诧异地望着这两个人。

“高……范……我还以为能在心理学年会上看到你们。离得这样近，两位怎么不参加？”

高峰微笑道：“不好意思，我们忙于自己的项目。”

“再忙，抽几天时间与全球同行交流一下也好，能获得很多信息呢。”

一名助手端过茶点，放到里佐拉蒂面前。心理学家看了他一眼，助手脸上的表情和高峰、范丽几乎一样。里佐拉蒂不动声色，端起咖啡掩饰着自己。

“不好意思，老师。”范丽说道，“其实是我们觉得没必要。通过文字、图片和声音交流信息，多么低效的交流方式啊，这可是您说过的。”

“哦……是的是的，我说过……”

高峰探身问道：“老师，您对镜像神经元的研究进展到哪一步了？”

“我正准备做更多的动物实验，看看如何在猴脑上激发镜像神经元的潜在功能。”

“我们不是为您做过人体实验吗？”自从见面后，夫妻二人总是你一句，我一句，彼此间无缝衔接。在里佐拉蒂听来，他们的声音仿佛来自同一大脑指挥下的两张嘴。

“老师，人体实验不会有危险，您应该再大胆些。”

“甚至我们上次提到的人脑互联，也大有成功的希望。我相信那种实验会极大激发镜像神经元的潜力。”

“你们还在研究这个课题？”里佐拉蒂好不容易才插进话。

范丽微笑着说道：“是啊，人脑并联，这才是改变人类历史的研究，本来应该由您主持。您已经是心理学界的哥白尼，为什么不再去做心理学界的瓦特呢？”

哥白尼只是理论学者，瓦特发明的新技术才能改变世界，里佐拉蒂明白她的意思。没等回答，范丽刚住口，她的丈夫立刻接上：“您想想，人类社会为什么有那么多犯罪行为？为什么会有贪腐、欺诈或者战争？就因为人类是70亿个分散的个体。”

“是的，每人都有自己的观点、自己的感受、自己的利益，必须做相当复杂的沟通才能勉强合作。”

“如果有一种技术能够打破这种壁垒，您想想前景会怎样？”

“一切自私自利都将被扫除，所有罪恶都成为过去，人类智慧将融为一体，从此突飞猛进。上帝死去100年以后，人类在地球表面成为新的上帝！”

“……”

没有对话，只是夫妻二人在那里越讲越激动，里佐拉蒂完全插不进来，呆望着他们。突然，两人彼此对望一眼，洗脑式的宣讲戛然而止。

“老师，神经元实验室出了点事情，我们去处理一下，一会再回来陪您。”高峰恢复了往日的恭敬，里佐拉蒂平静地点点头，夫妻二人退了出去。

室内再无旁人，门外则传来轻轻的脚步声，显然，他们安排了人在门口监视。里佐拉蒂侧耳细听，又看看门缝下面晃来晃去的影子。是的，他曾经预想过的危险可能真发生了。里佐拉蒂拿出手机，开始编发信息。

不一会，高峰和范丽回到这里，助手还在门外守候着。两人推门进来，发现里佐拉蒂正在观看墙上贴着的照片。里面有高峰、范丽和里佐拉蒂在帕尔马大学的合影，那还是20年前拍的，这对夫妻当年刚刚认识。

“很抱歉让您久等了。”

“您下一步有什么安排？”

夫妻俩又像一个人那样讲起话来。里佐拉蒂已经习惯这种怪异，平静地回答道：“谢谢你们邀请我参观，我先去完成会议程序，然后回国继续主持我的实验。”

“其实，我们很希望您能留下来，毕竟这一切都开始于您当年的研究。”

“我们已经获得了激动人心的进展，很希望马上让您看到。”

“和那些低级智慧没什么可交流的，老师，您属于一个新时代，您是它的开创者。”

“……”

里佐拉蒂听得心头发麻，论体力，他只是个六十开外的瘦老头。如果硬闯的话，恐怕这两个年轻人就能把他拦下来。就在这时，门外传来脚步声和对话声。门很快被推开，一个中年白人闯了进来。他叫费拉里，是里佐拉蒂的助手。费拉里一脸焦急地用意大利语说道：“老师，您的护照出了问题，请马上和我去大使馆。”

里佐拉蒂耸耸肩：“怎么回事？护照出了问题？为什么昨天过海关时没问题？我还想在这里和朋友多聊一会儿。”

“不行，大使馆方面让我马上接您过去，他们说，这可能和恐怖袭击有关。”

里佐拉蒂转向高峰和范丽："你瞧，我们的政府被恐怖袭击搞得草木皆兵。没办法，护照出了事，总得去一下，不然会影响我在中国的行程。"

高峰做了个遗憾的手势，送里佐拉蒂往外走。实验大楼外面，里佐拉蒂钻进一辆法拉利，由费拉里驾驶着离开了心理实验大楼。"出了什么事，老师？为什么突然要我开车接您，还要向他们说谎？"费拉里跟随老师一起到中国开会，对这个突发事件很感意外。

里佐拉蒂向后面张望着。"情况很复杂，现在我不能相信任何中国面孔的人。"

"那我们去哪里？"

"直接去意大利使馆！"

里佐拉蒂离开后，高峰和范丽来到实验大楼的监控中心，打开监控录像进行回放，上面是里佐拉蒂独自坐在屋子里的画面。他们的几个助手也走进来，每人脸上都像是戴着面具，毫无表情。范丽逐个画面切换，终于找到一个角度合适的镜头，可以清晰地看到里佐拉蒂在编发短信。

范丽放大画面，直到手机屏幕大到能够读清上面的意大利字母："我有危险，快以护照出问题为由把我接出去。"然后，里佐拉蒂还给对方传送了即时位置信息。

范丽直起身，屋子里谁也没说话，甚至都不用目光交流，一个决定就已经做了出来。

公路上，费拉里开着车，汇合在车流里。一辆越野车从旁边靠上来，驾驶室里，一个陌生人冷漠地盯着里佐拉蒂。那种熟悉的面具脸，他已经在心理实验大楼里面的许多张脸上看到过。"躲开他！"里佐拉蒂大喊。

法拉利拐向岔路，一辆面包车从旁边驶来，挡风玻璃后面，司机用同样冷漠的目光盯着里佐拉蒂。"不不不，也要躲开他！"里佐拉蒂惊叫着。

费拉里开着轿车，不断躲避试图阻挡他的车辆，路上行人纷纷为互相追逐的汽车让路。终于，他们驶进一条僻静的巷子。附近再没有可疑车辆，费拉里降低速度，长出了一口气。里佐拉蒂惊魂未定，向外面张望着。

"教授，您在躲什么？您怎么知道那些司机有问题？"

里佐拉蒂张张嘴，意识到问题过于复杂，暂时和助手解释不清。"到使馆我再告诉你，快开吧！"

一辆轿车出现在小路的另一端，停了一下，然后迎面开来。小车速度越来越快，撞飞路边的一辆自行车，却毫不减速。现在，就连费拉里也知道这种局面肯定不寻常。对面驾驶室里，高峰的助手冷漠地盯着他们。就在半小时前，他还微笑着给里佐拉蒂端上茶点。

里佐拉蒂四外张望，发现旁边就是个派出所。“快进去，找警察求救！我有优先权！”

费拉里驾驶轿车，拐进派出所敞开的院门，来个了急刹车。对面那辆车并不减速，直接从派出所门口驶过，消失在他们背后。

所长办公室里，潘景涛正和几个值夜班的警察商量事情，一名警察推门进来。“头儿，两个老外闯进来，说有人要绑架他们！”

“啊，还有这种事？走，去看看。”

这里并不是外国人聚居区，一年到头也没有几个外国人来报警。潘景涛一时不知道怎么处理，想了想，还是先从笔录开始做。于是在派出所讯问室内，里佐拉蒂和助手坐在一边，潘景涛用笨拙的英语和他们交流，旁边有警察负责用电脑录入。

两个意大利人的英语也很吃力。“麻烦您再说一下名字，既然不是英文，我怕听错了。”潘景涛慢慢问道。

里佐拉蒂干脆拿过纸笔，非常认真地写下自己的名字：Rizzolatti。

“警官先生，我在‘科学1000人’名单上，我的事情你们要优先处理。”

“科学1000人？这是什么？我没听说过。”

是的，“科学1000人计划”在中国刚刚启动，像潘景涛这样的基层警官都还不清楚。不过，半分钟后，中国调度中心监控系统就给几个负责警官发了警报。正在市区的杨真通过保密手机，第一时间收到警报。“科学1000人”名单中已经有人在国内失踪，但是有名单上的人在中国向警方报警，这还是第一次。

杨真查到警报来源，知道自己距离最近，马上打电话给潘景涛，告诉他这是个重要人物，现场警察要立刻武装起来保护他的安全，自己随后就到。

等杨真驱车到达时，小小的基层派出所已经严密戒备，如临大敌。潘景涛不知道发生了什么事，把已经下班的警察也叫了回来，大家都配上电击枪。杨真先是向他询问了简单的情况，潘景涛告诉她一个叫里佐拉蒂的老头突然闯进来，坚持说有人要绑架他，而且那些人就在外面转悠，寻机下手。他要求立刻通报大使馆，并且要得到警方严密的保护。

“也许我们都用英文交流，说不清楚，但我觉得他有点语无伦次。”潘景涛提醒道，“就是陪他来的那个助手，好像也不相信老师讲的事情。”

“没关系，我从部里叫了意文翻译，她马上就到。”虽然他们是研究生班上的同学，但事关120专案，还有“科学1000人”里面的失踪案，杨真从未对潘景涛提过。

时隔不久，杨真再次出现在里佐拉蒂面前，后者仍如惊弓之鸟，他怀疑地打量着面前这位女警官。“对……我认识你，昨天你还在我的讲座上提问，你和高峰他们一伙吗？”

杨真报出自己的身份，以及“科学1000人计划”的概况。“作为计划缔约方，您只要在中国一报警，我们就立刻按程序来保护您。”

“感谢他们把我列在计划上。”发现这个程序果然有用，里佐拉蒂长出了一口气。

“镜像神经元研究能够改变人类对自身的理解，属于划时代的科研成果，所以欧盟方面将您列入这个名单。”

里佐拉蒂听到解释，有些失望：“那么，对于我的成果，你也只是看过书面资料？”

杨真想拉进他们的距离：“我在本科学习实验心理学，硕士和博士专攻犯罪心理学。所以，我很清楚您的成果是如何伟大。”

“不错不错，你也是心理专家……等等，你刚才是从外面进来？你的办公地点不在这里？”

杨真不知道他在担心什么。“是啊，这只是个基层派出所，我的机构离这儿有几十千米。得到这位同事通报，我特意赶过来。”

里佐拉蒂审视着杨真的表情，好像没问题，她是个正常人，一个活人！“警官女士，进来之前，你没注意到这个派出所外面有什么奇怪的人吗？”

潘景涛在一边用汉语接了话：“师妹，我派人上街查了，周围没发现什么可疑的人。”

虽然就在半小时前，潘景涛还没听过“科学1000人计划”。但是他刚刚通过公安内网发现，这个计划在公安部里涉及的职级非常高，所以便全力配合。杨真向潘景涛挑了一下大拇指，又转向里佐拉蒂："您觉得是什么人要绑架您？"

里佐拉蒂反问道："你说你是心理学者，请问，你认识冯序昌先生吗？"

"浙江大学工业心理学家，我没见过，但知道这位专家。"

"方新怡女士你认识吗？"

"研究强迫症的神经机理，我们曾有过合作。"

"肖毅先生？"

"他是我们的科学顾问！"

里佐拉蒂脸上浮现出一副释然的样子。潘景涛不满地问："怎么，您怀疑我这个同事也参与绑架？那你怎么不怀疑我？哼，什么心理学家，我看他有点心理疾病了。"

翻译并没有把后半句译过去。里佐拉蒂看出他的不满，着急地解释道："刚才我们随机进入您这个派出所避难，所以我不会怀疑这里的警察有问题。但她是从外面进来的，事先又知道我的身份，我必须要警惕。"

"难道你怀疑她是恐怖分子？"潘景涛更加不以为然，"这位杨警官是我同学，我们认识六年了。你别看她年轻，目前可是在国家级执法部门工作。”

这些都不是重点，什么经历都不能保障一个人可靠！可里佐拉蒂不知如何解释，毕竟，他自己也没有搞清到底发生了什么。一旁，费拉里显得有些不耐烦。“两位警官，我的老师近日忙碌，需要多休息，可能打扰你们了……”显然，他也觉得老师今晚的举止不着边际。

里佐拉蒂坚决地制止他：“不不不，费拉里，你不清楚问题的严重性。这位杨警官，你对镜像神经元的作用机制是否了解？”

杨真刚才一直没插话，但是她明白，如果潘景涛参与过120案，或者科学1000人失踪案的调查，他完全知道里佐拉蒂的担心很有道理。“潘所长，里佐拉蒂先生没有冒犯我。确实有一伙犯罪分子，正在阴谋绑架重要的科学家，重点犯罪区域就在这附近！”

此言一出，屋子里所有的人，包括里佐拉蒂都大为吃惊。杨真也犯起了犹豫，她这样说有没有泄密的嫌疑？于是，杨真迅速把话转回到刚才的问题上：“先生，镜像神经元分布在人脑的语言运动区，是一种特异化的神经细胞，负责理解他人的语言和动作。事实上，人与人之间能够沟通，全靠这种神经细胞。缺乏这种细胞，会导致自闭症等多种心理疾病……您看我答得对吗？”

“那你知道我发现镜像神经元的过程吗？”

“20年前，您在恒河猴的大脑中发现了这种神经元。后来，您在癫痫病人大脑里也找到了这种神经元，从而确定了它在人脑中的存在。”

里佐拉蒂点点头。“基本正确……抱歉警官，我知道，无论科学家还是司法人员，都要讲究实证。现在我拿不出证据来证明我的怀疑，但我想请你们大家保持开放的心态，听我讲事情的原委。”

20年前，里佐拉蒂用微电极在恒河猴大脑中发现了镜像神经元。限于科学伦理，他不能随便打开健康人类的脑。几年后，两个中国青年来到他的门下读研究生。他们知道老师的难处，自告奋勇来做人体实验。

“所以……您其实不是在癫痫病人的脑中找到的证据？”杨真惊讶地问道。

“癫痫病人的脑并不正常，只有在正常人的脑中找到镜像神经元，结论才具有普遍性。那次实验，我们打开高峰的头盖骨，插入532个微电极，找到92个镜像神经元。后来，范也做了志愿者。来意大利之前他们本来不认识，因为这场实验，他们互相钦佩对方的勇气，结成夫妻。

“可笑的是，尽管我们在活人大脑上取得了伟大的成果，但却不能公开这个过程。虽然他们是志愿者，但这仍然不符合科研伦理。我们重新在癫痫病人的脑部进行了探索。当然，是以开拓性治疗的名义，符合法律程序。所以，世人看到的其实是第二次实验结果。”

听到这里，杨真顿时头皮一阵发麻。连潘景涛都不知道，她在不久前才承受过类似的实验。那两个中国留学生自愿开颅，他们就像另一个李文涛。在石材厂找到的资料中，李文涛团伙就曾经计划把成果一点点通过正常程序进行漂白。

“切开头骨，暴露大脑，虽然手术过程很准确，但对健康人来说毕竟是种创伤。高和范是两名勇士，先后接受了实验，其实，我们取得的成果远远大于我们能够公布的。后来他们回国时，我无偿地把研究成果复制了一份给他们。”

里佐拉蒂这样做合法吗？按照中国法律，好像没有问题。调查处曾经对李文涛案件进行过模拟审判，发现即使嫌疑人活着，也只能治以绑架罪、杀人罪。而他们的实验行为却无法治罪。不知道意大利的相关法律会是怎样，自愿参加这种危险实验又会产生哪些法律问题。

“一年前我再次来到中国，遇到他们，高峰已经在主持生理心理学实验室。他们认为，在两个人大脑中的镜像神经元之间可以做‘硬连线’，直接把一个人的感受传递给另一个人。”

“这不是科幻小说吗？”潘景涛插了一句，他觉得这个外国老头的话越来越胡扯。

“是啊，以前这只是科幻故事，因为科学界迟迟无法找到能让两个大脑并联的生理基础。高和范认为，镜像神经元就是天生的并联端口。所以他们邀请我留下来，带领他们完成这个突破。说实话，理论上确实有他们说的这种可能，但是要做实验，必须突破很多道德界限，我不敢继续深入。何况真要做到这一点，涉及许多学科的合作，目前并不具备现成技术，所以我拒绝了他们。”

“您是说，一年前您还接触过他们？”

“是的，后来我们就只是偶尔通信联系。但是这次，我又来到他们的新实验楼，感觉非常不妙。他们、他们……我面前站着的高和范，完全不是我熟悉的他们。不仅不同于十几年前，就是一年前，他们还不像现在这样。今天他们就像两台机器，他们和我握手，朝我微笑，但是表情完全没有温度。甚至，我都怀疑他们是不是活人。”

潘景涛和杨真对望了一眼，露出难以置信的表情。费拉里也觉得老师的话难以理解，他进入里佐拉蒂的实验团队时，高峰和范丽已经回国多年，他并不认识这两名学长，更不知道他们的贡献。里佐拉蒂对人体实验的历史守口如瓶。

“您是说，他们已经把脑进行连线？不可能吧？即使连线，现在也只能坐在实验台上，用特别的数据线才能连起来吧？”不用中国人质疑，费拉里先开了口，“可是，刚才我看到，他们在那里自由地走来走去，脑袋上没有佩戴什么外设。难道，他们能把信号发射机内置在头盖骨下面？那可不是今天能存在的技术！”

是的，这个结论太夸张，也解释不了他们为什么又要实施绑架和袭击。难道，他们需要里佐拉蒂的某些新技术？“先生，您觉得，您手里有什么东西能够吸引他们实施绑架？”杨真把思路拉回到传统的犯罪心理上。

“我……没有！为了感激他们当年的献身精神。我对他们从不保密，有什么成果都先和他们交流。对了，刚才您说，还有什么绑架案……”

这是杨真想堵住的漏洞，她本不应该在平民面前提到这些案情，更何况还是外国人。想到这里，杨真先把两个报案人留在屋里休息，拉着潘景涛走到外面。“你觉得他讲的是真的吗？”潘景涛仍然不屑一顾，“你们聊的专业术语我不懂。但是根据从警常识推断，我觉得他和那两个中国弟子间有梁子，想给他们栽赃！”

“老同学，确实有个大案子与此有关，现在我手下没有侦查人员，你这里的警力……”

突然，杨真胸口内袋透出一点暗红的光，轻微的震颤提醒着她。杨真立刻示意潘景涛别说话，警惕地四处张望。然后，她从内袋里掏出一只小球，把它扔向天空！

潘景涛惊讶地看看她，又望望天空。小球飞到一定高度便撑出双翅，变成微型无人机，向墙壁飞过去。一架钉在那里的微型无人机见状欲逃，被杨真掷出的无人机死死咬住，两架无人机在树梢上盘旋、追逐，最后撞在一起，双双掉在院子里，草丛中迸发出一片电火花。

身在基层，潘景涛可没见过这种神器，连忙跑过去查看。“天啊，这是什么？”

“窃听用的无人机！”杨真抬头看看它刚才盯着的位置，正好在审讯室外面，“我的无人机监测到它发出的信号。快，退到屋子里保护他们！我去叫支援。”

此时已经入夜，杨真立刻体会到职权提升带来的优势。很快，市公安局几辆警用装甲车便将派出所大门团团围住。这里很少有大案，路人惊讶地望着它们。一个警察走过去，示意他们赶快离开。

一辆装甲车倒转过来，径直退进派出所大门，停在楼门口，几名全副武装的特警推开后门跳下来，用盾牌组成一条通道。杨真带着里佐拉蒂和费拉里走出来，上了装甲车。

“这个……我还不清楚你们处的工作程序。”潘景涛问道，“这案子就由你们接手了？”

“是的，这么复杂的事，你们所肯定处理不了。但你也要跟我来，你负责的片区里发生的一些事，我可能还要问你。”

“警官女士，我们要去哪里？”里佐拉蒂仍然没有放松警惕。

“我们在院子里发现了窃听无人机，确信有人要加害您，而且技术水平很高。这个派出所没有条件确保您的安全，现在我们去调查处总部。”

“好，太好了，终于有人明白出了事。”里佐拉蒂长叹一声，“费拉里，你去酒店把我所有物品都收拾好，再通知年会主办方，我因故不能参加下面的会议，代我向他们说声抱歉。”

费里拉也明白问题不小，应了一声，跳下装甲车，驾驶着法拉利离开派出所。装甲车驶出院子，驾驶室里，特警们警惕地望着窗外，几架微型无人机飞在空中，相随左右，监视周围的动静。远处有好奇的路人拿出手机欲拍照，都被派出所的警察喝止。

装甲车驶入第一研究所，停在院子西面的小楼前，那里就是高科技犯罪调查处。这是大院里最小的一幢楼，不过比起以前的旧礼堂，已经是鸟枪换炮。更何况他们和大院里其他部门一样，享受着公安系统最好的安防技术。

会议室中，里佐拉蒂正和赶来的意大利使馆官员交谈。因为紧张，里佐拉蒂说得断断续续，语气激动。“什么？有中国人要绑架您？还是两个科学家？他们要勒索什么？”使馆官员始终听不明白要点。

杨真和潘景涛站在外面的走廊里，隔着窗户，望着两个意大利人在里面比比画画地争论。“我还是不明白，即使你们说的那种科幻技术真有人搞出来，和绑架又有什么关系？”潘景涛虽然知识水平不低，但这么短时间，他很难从常识扭转过来。

杨真也在整理自己的思路，虽然早就从学术动态中了解了里佐拉蒂以及他的划时代贡献，但毕竟是昨天才见到本人。短短二十几个小时，一下子增加这么多信息，她也需要时间来消化。思考片刻，杨真反问道：“学长，你的片区里最近发生过什么不合常理的案件没有？”

“不合常理……有啊，最近就有个无头案。”潘景涛自嘲道，“还好，分局的嘉奖令刚发下来，我这里犯罪概率就恢复正常了。”

潘景涛拿出智能手机，翻动相册。上面是警方现场勘验的照片，正是郊外那座汽修厂，法医和警察正在检查三具尸体。

“记得校庆时咱们聊的事情吗？我的片区，还有附近几个片区，最近发案率下降得不正常。结果没几天，我那里就出了个大案子。起初是在37千米外一座山的山脚下的废工厂里发现了三具尸体，一个受害者被咬断颈动脉，大出血死亡，还有两个人面部被彻底打烂。当地人看到了杀人嫌犯，说他简直像个疯子。”

潘景涛又调出一段模糊的监控录像，位置正是江涛被劫持时小区附近的情形。

“当地警方进行排查，结果发现，其中两个死者是我片区里塞纳河小区的保安，另一个人是该小区住户。杀人现场发现轿车轮胎印，通过比对，与这个住户在小区停车位上的轮胎印完全吻合。也就是说，这个人载着两个保安，还有另外一个人来到几十千米外。结果那个人发了疯，杀掉他们，抢走轿车离开。”

杨真做了个暂停的手势。“为什么警方认为除了他们外只有一个人？如果不考虑违章的话，这种车挤挤还可以再坐两三个人进去。也许是两拨人火拼呢。光一个人，能这样杀掉另外三个人？”

潘景涛摇摇手指。“报警的目击证人很多，都说只看到一个嫌犯离开，警察在现场也没看到第五个人的痕迹。我负责调查三个死者生前的情况。他们最后一次被人看到，是在事发前一小时。两个保安步行离开车库，那个住户驾驶自己的车离开。但在他们离开前，车库里的灯突然熄灭。我们检查了电路，有人为破坏的痕迹。”

手机上出现潘景涛带警察检查车库的视频。他告诉杨真，他们在车库的一个电梯口附近发现血迹，还有杂乱的脚印，推测在那里发生过短暂的打斗。然而在熄灯前和灯亮后，监控录像什么也没拍到，接着就看到三个人分成两拨离开现场。

这些线索迅速在杨真的脑子里拼成了逻辑链，或许这就是李文涛手术留下的积极后果？她的思路仍然快过常人。“也就是说，他们在车库里绑架了什么人，塞在车上离开现场？”

潘景涛点点头。据他们调查，那个车主生意破产，急需用钱。至于两个保安，可能是因为贪财临时入伙。西郊那座汽修厂废弃了很久，深更半夜他们出现在那里不会有别的原因，肯定是把它当成藏匿人质的窝点。警察在废厂房里发现了多人的血迹，其中一个样本的DNA与车库电梯口那摊血迹完全相同。

“被绑架人查出来是谁吗？”

一般人驾车进入地库，入位、锁车、离开，只需要几分钟。如果要在地库里实施这种绑架计划，对象只可能是临时熄灯前最后进入车库的那个人。三名绑匪了解他的行踪，等他一停好车就灭灯，实施绑架，再把他偷运出去。潘景涛也是这个思路，所以就查阅监控录像，找到熄灯前最后驶进去的车子。发现车主叫江涛，身价亿万，确实容易成为绑架目标。

“他从那晚就失踪了，没有任何人再看到他。江涛的车到今天还停在他的私家车位上，小区监控记录也没显示他回来过。”

“你刚才说，汽修厂里不少人看到了杀人嫌疑犯，让他们做过辨认吗？”

按照程序，警方会把江涛的照片与一些外貌相似者的照片混在一起，让目击者辨认。“他们全都做过，没一个人指认是江涛，证据链到这里就断了。可我仍然认为就是他，当时天黑，现场混乱，又很血腥，院子里还有人没死，在那里惨叫。这都让目击者心理紧张，没记住杀人犯的长相也正常。你瞧，平时这么斯文的一个人，目击者下意识地就会不往他身上想。”

三个人绑架一个年轻富翁，顺利地把他运出城，其动机最有可能是勒索赎金。这并没有什么出奇的，然而最后绑匪却被全部干掉，肉票自行逃脱，这才是多年未有的绑架奇案。

不可思议之处还不限于这点，潘景涛继续在手机里调阅照片给杨真观看：“喏，这就是平时的江涛。纯粹的生意人，据说都不爱运动，身体条件极普通，肯定没接受过搏斗训练。但是，他杀了三个身强力壮的成年人！”

在杨真的记忆里，这个情节似曾相识。石材厂大火中，李文涛和他的同伙与团伙搏斗，个个都是以一当十。虽然她当时被封锁在地下室里，没有目睹。但是事后有团伙幸存者的目击口供，有现场勘察结论，有两边死者的尸检报告。警方拼出了短短几分钟的惨烈过程。

不，还不完全一样。李文涛那些人自从接受提速手术后，活动量大增，身体变得很健壮。江涛却直到失踪前都是一副典型的银行白领身材。如果他真有这等神勇，在车库里为什么没挣脱？还有，如果真是他从车厂里自行逃脱，为什么一直没报警？此事已经过去数天，各地警方都没有江涛报警的记录。正常人从绑匪手里脱险，谁都会第一时间向警方报案。

“也许那三个人并非绑架，只是替高利贷主讨债？”杨真先不去管江涛的超常体能，按照常理来分析案情，“绑匪能力有限，江涛在打斗中失手杀了人，所以不敢报警。”

“我也怀疑过这种可能性，还查过江涛的信用记录。天啊，你知道吗？他是个货真价实的亿万富翁，完全无负债，而且大部分利润都是这半年进的账。怎么说呢？就像每周都买彩票中一次大奖。”潘景涛忽然一拍脑门，“对了……你们那个处不是专门调查高科技背景的犯罪案件吗？”

“是啊，莫非江涛是什么领域的专家？”

“他本人不是，但是他专门投资高科技项目！”

绑架案件归市局刑侦队处理，但作为受害人所在地的基层派出所所长，潘景涛要参加凶案的调查会议。他在会上听过经侦专家做分析，投资高科技项目固然利润很大，但风险同样不小。一个科研课题可能要实验十几次、几十次，最后却发现此路不通，全盘作废。这种情况为数众多，是科学研究的常态。

然而江涛却每投必中，而且他投的所有项目都是第一次，至多第二次实验就取得显著的正面结果。江涛毕业于国际金融专业，对自然科学一窍不通，手下也没有这方面的专家，何以将宝押得如此之准？

两人正谈得起劲，使馆官员走出来，里佐拉蒂跟在后面，还在努力解释着什么。看来，使馆官员无法理解这位古怪的心理学家在担心什么，但既然来了，总要有个交代：“两位警官，里佐拉蒂先生不敢住酒店。麻烦你们保护他的安全，明天我安排人来接他。”

外交官走了。杨真陪着里佐拉蒂回到休息室，后者对这位不到三十岁的女警官非常敬佩。杨真干练、勇敢，最重要的是能从专业角度分析案情。“很高兴还有你能理解我的危险，看来，你能调动很多警方资源？”

“我的权力有限，但如果我能让上级明白事情很紧迫，他们会调动很多资源。只是现在我还不完全清楚，您面对的究竟是什么危险？”

里佐拉蒂咬咬牙，似乎在做出一个重大决定。说还是不说？他没有说服使馆官员，甚至没说服自己的助手。这个刚见过两次面的异国警察，思路真有那么开放，能接受常人无法理解的事情？

“我认为，他们秘密进行了人脑并联实验。时间嘛，最可能是在一年到半年前之间。但是实验结果超过了他们的控制，现在这两个人……不，还有他们周围的助手，至少可能有五六个人，他们陷入了无法理解的疯狂当中。”

“无法理解的疯狂？”

“就是说……就是说，那不是任何一种天然的精神病症。是一种……一种人为的精神病。可惜，我说不好它是什么。”

里佐拉蒂痛苦地挠着头皮。但是杨真却完全能够理解，她亲自体验过近乎精神病的躁狂状态，那就是人为造成的。“您认为高峰和范丽现在不能自控？他们绑架您，是受某种精神病态支配？”

“对对对，我就是这个意思！”

这里的保卫由第一研究所负责，一名警员推门进来，打断了他们的交谈。“杨组长，这位老先生的助手来了，还带着他的行李。”

费拉里办完里佐拉蒂嘱咐的事情，先是回到派出所，再由当地警察开车送到这里。他带着两个很大的拉杆箱，走路明显有些踉跄。“老师，您的随身物品我都带来了。”

里佐拉蒂打量着他的姿势。“咦？你的走路姿势怎么变了？难道刚才喝了酒。”

费拉里身上并没有酒气，听老师这么一问，突然凶相毕露，摔开箱子，空着手朝里佐拉蒂扑来。潘景涛离他最近，下意识地挺身阻挡，想施展擒拿术，费拉里的身体像坦克一样把他撞飞出去。

更远处的杨真手疾眼快，抄起一把椅子掷向费拉里腿部，将摇摇晃晃的他绊倒在地。经过李文涛的改造，还有肖亚雯几个月的训练，杨真的体能仍然强过寻常人。她推着里佐拉蒂进入里屋，反身锁上门。费拉里爬起来，疯狂地撞击门板，仿佛身体是由钢铁打造，皮肉完全不产生疼痛。

会议室外面，警员们陆续冲进来，使用电击枪和捕捉网进行围捕。费拉里的动作变得异常敏捷，忽而迅猛回击，忽而灵巧躲闪。受过专业训练的警察一个个被他打倒，有人挣扎着站起来反击，又被打倒。一个警察情急之间掏出了枪。杨真已经将里佐拉蒂隐藏好，正从里屋出来，见状大喊："不要伤害他！这是活证据。"

"你说得轻巧，我们控制不住他！"

越来越多的警察冲进来，费了很大力气，十多人一起上，才将费拉里压在地上。意大利人瞪着通红的眼睛，细细的血水从两边眼眶下缘流了出来。眼看无法闯出警察的包围圈，费拉里突然两眼上翻，扑倒在地，全身剧烈地抽搐起来。五个警察分别按住他的四肢和头部，才将他的身体压住。

杨真蹲下去，试探着费拉里的鼻息，又摸摸他的颈动脉，遗憾地摇摇头。

休息室一片狼藉，像是有一百个人在这里群殴过。杨真用三角巾给潘景涛包扎好右臂，他疼得面目扭曲，龇牙咧嘴。"啊……天啊，就像被车撞了一样，这家伙在哪儿练的？"

"瞧他的样子，就是个实验室助手。想想江涛吧，他疯起来是什么样，现在你看到了吧？"

"……"

费拉里的尸体蒙着白布，放在简陋的解剖台上。第一研究所原本没有尸检任务，调查处迁过来时，带着李文涛案件中的几具尸体。为了保存它们，楼里草草开辟了一间解剖室。李汉云正在外地出差，闻讯后立刻乘专机往回赶，几个骨干听到处里出了事，也纷纷从城里赶来。在他们到达前，调查处这里只有杨真负责。

里佐拉蒂站在解剖台边，老泪纵横。这几年，费拉里是他的主要助手之一，就这样突然不明不白地送了命。

“先生，您可以操作吗？”杨真指着尸体，试探地问道。

“不不不……”里佐拉蒂伸出颤抖的手，“我恐怕不行，他不是简单的一具尸体，我做不到……”

仅仅两小时，费拉里就性情大变，肯定不是被下了咒。里佐拉蒂与他朝夕相处，也不相信他在很久以前就被什么神秘组织策反。必然是有人在他的头脑里强行植入了硬件，要开颅才能找到原因。既然费拉里能在这么短时间里被人控制，他们必须争分夺秒找到原因。

按理说，里佐拉蒂也可以做颅腔解剖，但是他没法对几个小时前还活蹦乱跳的助理动手。“警官女士，你刚才说，肖毅先生是你们的顾问？”

“是的。”

“那太好了，现在我找不到答案，我只能看到树木，他才能看到森林。可以请他来帮助我们吗？”

对！肖老师！这段时间，肖毅和他的儿子、助手一直在研究李文涛案件留下的实物，恐怕再没有比他们再合适的人选了。杨真立刻摸出手机，还没等拨号，杜丽霞推门进来。“杨真，听说这里遭遇袭击，你们没事吧？”

不，她不能越权，杜丽霞才是外联组长。公安部的法医也正在赶来，要让肖毅的团队主导解剖，还得请示远在天上的李汉云。于是，杨真请里佐拉蒂去休息，用最精练的语言向杜丽霞讲了一遍情况。

“天啊，这岂不又是个李文涛案件？”

“作案者能量恐怕还要大十倍！”

专机上的李汉云同意了她们的请示。于是，杜丽霞拨通肖毅的号码，通知他尽快赶来。等肖毅从家里坐上车后，杨真又拨过去电话，给他解释了眼前的险情。“是里佐拉蒂？意大利的里佐拉蒂？他在你们那里？”肖毅连连发问。

“是的，他认为您可以提供新思路。”

肖毅是心理学大师，却不是脑外科专家，牟芳和肖亚霆夫妻闻讯后，也立刻从他们的家里出发，驱车直奔昌平。半路上，几辆警用装甲车与他们汇合，警官请一家三口坐进装甲车。一派如临大敌的气氛，让这三位刚从睡梦中被叫醒的科学家迅速进入了状态。

牟芳很快换好衣服，走进解剖室，公安部法医也已经到位，先由他检查费拉里身上格斗时留下的伤口。“这些是外伤，全都不致命，死因只能在他的体内寻找。”

牟芳利索地刮掉费拉里的头发，在他的头皮上寻找伤口。外面，肖毅和里佐拉蒂也在那里交换着意见。两位世界级的心理学大师，虽然平时不常相见，但是英雄相惜。肖毅询问过情况，里佐拉蒂说着说着，心情也平静了下来。

“您要不要休息一下……”杨真关切地问道。从派出所到这儿，意大利学者一直处于高度紧张之中，已经熬到半夜。

“不，我想马上得到答案！”里佐拉蒂用力摆摆手。

“对了，您刚才怎么发现他有问题？”杨真问道。

里佐拉蒂已经恢复了学者的冷静。“他走路的步态，很像是刚刚经历过局部麻醉。”

一边，潘景涛还在抚摸着疼痛的胳膊。“天啊，自从他离开派出所，到再次现身，也就两个小时吧？这么短时间，能被人做完一个开颅手术？”

不，那边牟芳已经检查完毕，死者头部没有刀口，甚至没有一个针孔。她指着费拉里的右眼眶说道：“不管什么硬件，都是从这里射进去的。”

在不开颅的情况下，眼眶是将微小物体送入脑部的捷径。牟芳拿起手术刀，划开表皮，摘掉眼球，轻轻地摘开死者的筛骨、碟骨、颧骨……

杨真站在一边望着牟芳，她就像一个匠人，正在象牙或者玉石上精雕细刻。是的，她们都不应该和韩津生活在一起，那家伙身边都是些轻狂浮躁的人。不不不，怎么又想到那个家伙，集中精神！杨真在心里给自己下着命令。

“找到了！”牟芳用镊子夹出一根细细的针状物，它已经烧焦，弯曲起来，无法辨认原状原色。“就是这个东西，从眼眶下沿射入大脑的运动语言控制区，钉在那里。它自行烧毁，立刻导致脑死亡！”

技术专家韩悦宾赶到处里，马上坐在电子显微镜前，检查着那根针状物。“能看到电子线路……加工精度小于十纳米，远远超过现在的半导体加工水平……完全是未来技术……但是有一点可以肯定，它不像普通芯片那样用光刻机制造，完全是超微细3D打印出来的。”

“3D打印？不是刚刚失踪了一位3D打印专家吗？”杨真提醒着大家。

“你是说李跃？”迟健民也赶到现场，共同分析着案情，他非常熟悉各个科技前沿领域目前的水平，“一个月前他失踪时，也只能打印出100纳米的精细结构。当然，那已经领先世界了，但和这个技术还没法比。”

科研规律？不，这件事无法用正常的科研规律来解释。杨真问道：“假设就是这个东西可以遥控人脑，它肯定要收发信号吧？它的传输距离能达到多远？”

“嗯……”韩悦宾一边观察，一边猜测，“东西做得很精细，但是也很小，功率肯定有限……我估计……最多300米。”

“也就是说……刚才费拉里进入这里，必须有人待在300米范围内，才能保证能控制他？”

“理论上就是这样！”

第一研究所专攻安保技术，本身就有严密的安保系统。红外、超声、气体分析，各种设备多角度地侦测附近的移动目标。不过院墙外面隔着100米远就有民居和商店，敌人更有可能潜伏在那些地方。

300米……300米……杨真脑子里一直有个与距离相关的疑问。是什么？对了，就是它！“你们还记得120案件里面那些犯罪嫌疑人吗？他们都有一个共同疑点，死前变得非常宅，也许这就是答案，他们要待在一个彼此保持无线联系的范围里！”

“不不不……”迟健民打断杨真的话，“关键不是传输范围，现在国际上有没有技术可以像刚才那样，通过给脑部发信号，就能控制一个人的行为？杨真，调查旌旗岭专案时你曾经问过我，将脑功能定位精准到细胞层次还需要多少年？我用技术预测公式给你计算过，答案是现在就可以！但是这个呢？用硬件控制他人行为，这个还要多少年？我不熟悉你的专业，但是凭常识判断，不会是眼前就能达到的。”

会议室里顿时没了声音。是啊，即使李文涛那种神经增速手术，也只不过是改变了心理过程。那并不神秘，古人用麻醉品都能做到这一点。但是要改变心理内容，让一个人放弃以前的所思所想，变成另外一个人，或者成为谁的傀儡，不必用迟健民的公式去计算，杨真现在就知道答案。“它根本不是眼前能实现的技术。”

“可是它就在这里！”好半天，韩悦宾才指指那枚针形物，提醒大家从理论中走出来，“我也知道它是一种未来技术，难道有外星人跑到这里来作案？”

“还有一个问题，他怎么变得那么凶猛？”潘景涛平时经常训练体能，此番挨了暴击，仍然耿耿于怀，“这东西会改变他的行为，难道还会增加体能？”

“这倒不难解释。”牟芳以前主持过李文涛案件中的尸体解剖，对此已有心得。她指指打斗现场，“这个东西接到信号，刺激死者的反射性交感神经兴奋，导致肾上腺素大量分泌，就能达到这个效果。其实别看他很凶猛，几分钟后体能就会衰竭。”

“赛马会上有过这种案例。”蔡静茹也赶到现场，加入讨论，“有嫌犯在赛马体内植入电子针筒。比赛开始后遥控它释放药剂。这种技术倒不属于未来，30年前就有。”

和李文涛的技术一样，只改变心理的过程，毕竟要容易得多。他们正在讨论，龙剑推门进来。“是高峰和范丽？我就知道他们会犯事！”

龙剑如此肯定，反而让大家都很吃惊。“难道你以前调查过他们？”蔡静茹奇道。

“我倒是没调查过，但是他们在世界超人协会会员的名单上！你们都知道那个组织的宗旨吧？”

没人接茬，大家都觉得那个世界超人协会像是脑洞俱乐部，无非是一群人凑起来胡思乱想，所以都不像龙剑那么热心去调查。“据我调查，他们在意大利留学时就参加了这个组织！”龙剑手里有这个协会重点会员的各种资料。

听他这么说，里佐拉蒂点点头。“这个他们没有瞒我，世界超人协会能有什么问题？它是合法组织啊。”

“鼓励一切用技术手段提升人类机能的研究，这是他们协会的宗旨。”发现自己押对了宝，龙剑稍显得意，“不管他们的作为合不合法，这个宗旨就很危险！”

大家只兴奋了片刻，就又冷静下来，最大的谜团仍未解开。仅凭高峰和范丽两个人，真有能力发明出领先全球的技术，进而控制那么多人？

“我看，还是请教咱们的科学顾问吧。”杨真带着大家走进会议室。

肖毅到场后，已经和里佐拉蒂谈了很久。镜像神经元实验的真实情况，高峰和范丽的性格和价值观，他们什么时候开始变得可疑，等等，肖毅多少都有所了解。等到杨真推门进来，肖毅对事情的原委已经有了大致的推测。他看看四周，找到一个碗装泡椒方便面，那是加班警员自带的食物。肖毅把它拿过来放到面前，请大家安静下来。

“杨真，你还记得认知意向性原理吗？”

杨真点点头，然后给同事们解释了这个原理。在真实生活中，个体认识各种事物时都伴随着倾向性。可能是强烈的喜好，也可能是淡淡的反感或者剧烈的恐惧。总之，个体不可能客观感知外物，这就是认知的意向性。像是在品评学生的作业，肖毅满意地点点头，然后举起方便面。

“这是一个客观事物，它的外形、颜色、轻重，还有上面的文字，这些物理因素在每个人的感知中都一样。但是，四川人看到它更容易感觉愉快，江浙人更容易产生反感。里佐拉蒂先生来自意大利，也吃面食，看到它肯定也有不同的情绪反应。”

里佐拉蒂正在听翻译的同声传译，听到这里，朝着肖毅点点头。

“您对镜像神经元的研究成果一公开，我就关注到了，也意识到它可能是连接人类感知经验的生理基础。我们团体重点不在这方面，没做相关实验，但是对这种意识并联的后果进行过讨论。一般人会觉得，世界上之所以有那么多矛盾，主要就是沟通不畅。如果实现人脑并联，你能感知我，我能感知他，人们之间快捷地分享信息，不再通过物理信号，沟通就会变得很容易，甚至世界会变得更美好。”

里佐拉蒂也是一边听，一边点头。早在发现镜像神经元后不久，他就和助手们讨论过人脑并联的应用前景，当时高峰和范丽都在场。肖毅说的这些，几乎就是当年他们讨论的结果。

“但如果真做了这种实验，未必就会产生正面的结果。假设一个四川人的意识和一个江浙人的意识并联到一起，他们再看到这碗方便面，会产生什么情绪体验？”

屋子里已经挤进了十几个人，却没有一个人回答。他们想不出答案，不，包括里佐拉蒂在内，大家以前根本没想到这一点。

“生活当然不只是方便面，很多东西的价值取向复杂得多。两个人的意识连接在一起，并非只是分享纯客观的信息，不是我看到你看到的，你听到我听到的。不，两个人的喜怒哀乐，悲欢离合会全部融合在一起。”

“最终，每个人都将失去自我！”肖亚霆当年和父亲的学生们一起参加讨论。还记得大家得出的结论，“什么是自我？自我就是个体倾向性的综合。我们每天接触数不清的人、数不清的物，我们对每个客观对象都有倾向性。两个意识一混合，他们的倾向性也就混合了。”

除了父子二人和牟芳，其他人都在消化这个推测。肖毅忽然向里佐拉蒂伸出手，做出握手的邀请，里佐拉蒂下意识地握住他的手。

“你看，我通过我的皮肤感受你的手，你通过你的皮肤感受我的手，但你不能通过我的触觉感受器来感受你自己的手。皮肤是人类心理活动的边界，边界里面是‘我’，外面是别人，是客观世界。然而，如果两个人的大脑一旦联通……一旦联通……”

即使肖毅推测到真相，他也没有适当的词汇把它形容出来。“一旦联通后怎么样？”杜丽霞追问道。

“两个人的自我会融合在一起！”杨真最先反应过来，“‘自我’的界限会消失，两个‘我’变成一个‘我’，一个整体意识。他们不再是并联中的两个人，而是被整体意识控制的两个分身！”

杜丽霞似乎有点懂了，但又有更多问题冒了出来：“然后呢，他们再分开不就恢复自我了，还能总联在一起？”

听到这，里佐拉蒂站了起来，大家都在分析案情，他的心情也平静下来。这么多年对镜像神经元的研究，让他很容易猜到一部分答案。看到他站起来，大家都安静下来听他怎么讲。

“虽然我没有做过并联实验，但我很早就设想过那种设备会是什么样。应该是一种实验台，它的体积会很大，可能……每个都有这半张会议桌大，因为里面要塞进去的设备太多了，还要用线路把两个实验台连接起来。两名被试分别躺上去，先做局部麻醉，不能全麻。再把他们的颅骨打开，将连接着导线的探针伸进去，停在镜像神经元密集的地方。电信号通过导线传递出来，实验台里面的设备将它们加工、放大，再传递到另一个人的镜像神经元中。”

大家一边听，一边想象着里佐拉蒂描述的实验过程，那是个笨重、复杂、需要很多人完成的操作，完全不是费拉里刚才的表现。

“即使有这种设备，凭借人类现有的技术，也只能连上几分钟，甚至只是几秒钟。被试还要躺在实验台上不能动弹。一旦离开，联通就结束。显然……他们已经突破了这些限制，能够不限时间、地点，不妨碍自由活动……这与我所知道的技术相比，要领先几十年！”

里佐拉蒂又陷入痛苦中，以其昏昏，难以使人昭昭。高峰和范丽当然不是外星人，也不可能是穿越到现在的未来人。限于客观条件，科学台阶必须一步步才能迈上去，即使全世界最聪明的人也不例外。

“听您刚才介绍，在全世界所有正常人里面，高峰和范丽是最早两个被验出镜像神经元的？”肖毅问道。

“是的，从那以后我们都用癫痫病人做实验。至少在我的团队里，再没有健康人敢效法他们，包括我自己。”

“所以我推测，最初两个并联者就是他们，实验由他们设计，助手来完成。这时候不会产生什么恶意，动机只是强烈的好奇心，他们想穷尽科学的可能性。他们还会把助手们也带进来，一起做这个实验。而且，既然是物理连接，这个实验并非只能连接两个人的意识，三个人、五个人……‘他’没有边界，没有上限。只要技术条件许可，任何人的大脑都能并联进去。”

“就像一堆葡萄变成了一瓶酒。”里佐拉蒂从自己的生活中找到了比喻，“我们再也不能从酒里找到每颗葡萄的个性！”

肖毅鼓了鼓掌，大师就是大师，一点就通。“是的，这个过程可能要一段时间。最初，个体能够并联也能够分离。但是并联后的感觉太有诱惑力，所以他们就慢慢延长时间。个体意识逐渐消失，到了某个时刻，就形成了一个整体意识。再后来，这个意识变得十分丰富，个体意识一旦并联进去，就会不愿意再分离出来！或者说，那个整体意识不愿意某一部分再离开自己！”

调查处的骨干们围在那里，除了杨真，别人都抱着怀疑态度。这是猜想，甚至是玄想，然而里佐拉蒂却表示了支持。

“你们知道昨晚我在心理实验大楼里看到了什么？高和范，还有他们的助手，对，还有那些袭击我的司机，他们都是一样的表情。高和范我认识了很多年，那绝对不是真实的他们。我感觉到一个高高在上的灵魂通过他们的眼睛俯瞰着我！可他们的身体之间没有任何导线连接。还有一个细节，没人通知他们，我也没听到警报，高和范却同时知道实验室出了问题。这说明他们和实验室的助手能通过无线方式传输信息，而且就是用大脑互相接收。甚至……”

里佐拉蒂瞪大了眼睛，当时他还看到了一个奇怪的现象，直到现在他才意识到其中的奥秘。“在他们那幢实验楼里面，我没发现一个字。墙上、门上、桌上，什么字都没有。中文、英文，一切文字都没有。既没有打印的文件，也没有图书资料，没有记事的小白板，甚至没有一支笔。你能想象一群科学家在没有文字的环境里工作吗？除了电脑监视器上还显示着文字外，哪里都没有一个字！”

“那为什么还要用电脑？”杜丽霞提出疑问。韩悦宾却替里佐拉蒂做了回答，他的思路已经转过了弯，“因为他们还得上网啊。”

迟健民不是通信技术专家，但他多少知道，用无线方式传输人脑中的信息，需要海量的传输速度。“只有一年时间，他们就能发明出这种技术？今天的科技虽然发展得越来越快，但也不会这么快吧？”

“迟警官，你还是没明白问题的关键。”肖亚霆这些天里一直和迟健民合作，彼此并不见外。他拿过桌面上的两个纸杯，“这是一个电子专家，这是一个生物专家，他们彼此都不懂对方的专业知识，正常情况下只能用语言交流，要花很久才能沟通清楚，进而形成合作，再搞出某种生物电子元件。”

然后，肖亚霆把两个杯子里的水倒进第三个杯子。

“如果他们的脑子并联起来，啪！两个人的知识瞬间融合，诞生出一个生物电子专家。接着，只要技术上有需要，这个整体意识会并联越来越多的专家。材料专家、通信专家、计算机专家，每个人的知识都是瞬间融入整体。”

“想想吧，他们都成为拥有几十种、几百种学科知识的天才，所以才不愿意分离出来。”里佐拉蒂感慨道，“上帝啊，多么可怕的事情……不，这样并联下去，他们就能成为上帝！”

韩悦宾又提到对针状物的检查结果。李跃保持着3D打印精细度的世界纪录，那花了他十年的时间。但是，他在北京失踪后只过了一个月，眼前就出现了精细度高上十倍的实物。“现在还不能肯定这东西就是李跃制造的，但如果由他来发展自己的技术，直到能造出这个东西，也必须一群人才行。”

法律专家蔡静茹对这些技术细节的反应很慢，她吃力地听着、消化着，想跟上大家的思路，然而实在是有太多迈不过去的坎。“可是，如果只是高峰和范丽两个人还好说，他们对这个实验筹划了很多年。但是，那么多领域的专家，要一个个给这些人洗脑，说服他们参加实验，那得用多长时间？”

话刚说完，蔡静茹自己便捂住了嘴。是啊，高峰和范丽为什么需要逐个去说服那些人？会有人在两小时内说服费拉里入伙吗？为什么120案件里会有那么多不相识的人集体作案？

这不可能！

不，这很有可能。

也许，这是唯一的答案。

……

杨真帮她说出了答案。“不需要说服，只需要把他们绑架到实验室，强制手术，将每个脑并联进去就行。或许到现在，一个人只要融入这个整体意识，就再不想离开。”

“但是……但是……”杜丽霞坐在旁边，一边讨论，一边通过公安内网去调阅高峰和范丽的个人资料。大家在这里讨论案情时，她在电脑上阅读了很多信息，“他们没有任何案底，连交通违章都没有。里佐拉蒂先生，您觉得他们会用这么凶狠的犯罪手段吗？”

“会！”

里佐拉蒂说得非常肯定，头脑风暴刮了这么久，他已经完全接受了肖毅的推测。“高和范作为个体，确实是两个守法公民，心地善良。可是现在，他们的自我已经消失了。我们对面是个全新的意识，我不确定‘他’是否愿意遵守人类的道德。毕竟，道德是用来约束个体的。我们觉得很残忍的事，也许‘他’会觉得很高尚。”

说到这儿，里佐拉蒂眼前又浮现出高峰诡异的笑容。“昨晚高对我说……不，那个整体意识对我说，人类因为一直以个体形式存在才会自私自利。如果全都并联起来，一个人的利益就是所有人的利益，人世间的邪恶将不复存在。对，我明白‘他’要做什么了。‘他’要一个个把我们都拉进这个整体意识！”

“也就是说……并联对象不一定必须是科学家。整体意识在扩张中需要什么人，就把他并联进来。可以是一名官员、一个警察、一个投资人……天啊……一个投资人！”杨真收住了口，最近发生的一系列古怪案情，瞬间在她脑子里串成了线。杨真已经看到了答案，虽然证据依然模糊不清，“来，我想给大家介绍几个案件，与此案高度关联，看能不能找到更多线索。”

一所的警员们已经把会议室收拾干净，投影仪上显示着江涛日常活动的视频，刚才，潘景涛听了半天云里雾里的争论，现在才轮到他介绍自己掌握的案情。

“这个人是金融专家，原供职于投资公司，半年前辞职单干，并且签了很多大单。不少神秘人给他融资，拿到钱后他再去投高科技项目。经侦大队那边怀疑他有洗钱嫌疑，早已立案调查，但没有结果。据我了解，江涛虽然和那个心理实验大楼没关系，但是他的投资集中在生物电子和信息工程领域。刚才你们分析的那种超级技术，应该就属于这两个领域。”

投影仪上出现了汽修厂里的三个死者，每个人都是面目扭曲，鲜血四溅。潘景涛用激光笔点着他们的尸体。“初步推测，这三个人听说江涛有钱，临时起意，想绑架敲诈。他们成功地把江涛劫持到这个地方，但是江涛突然发狂，徒手将他们全部杀死！我一直弄不明白他怎么会满血复活，刚才看到那个老外发疯，我才明白过来。”

得到的信息越多，肖毅越觉得他的预测接近现实。“刚才韩警官说过，靠现在这种并联方式，传递距离不超过300米。我们假设江涛已经并联进那个整体意识，在他300米范围内，必定有另外几个并联的个体，就像是活体基站。绑匪突然将他带离原地，超过某个距离后，他的意识就与那个整体意识分离开来，自我瞬间得到恢复。但是清醒后的他拼着命要联结回去，这才是他疯狂的原因。不过，这个人你们找到了吗？”

潘景涛浮现出遗憾的表情。“案发到现在已经过去一周，这个江涛活不见人，死不见尸。”

“如果我猜得不错，他的生存机会不大了！”肖毅推测起来愈发自信，“那个整体意识把他毁灭了，‘他’可以支配附近的某些个体去干这件事。假设有十个人的脑并联成这个整体意识，相当于它有十双眼睛，十双手！它的

‘身体’便会覆盖很大一片地方，一个人看到的就等于所有人看到的，彼此之间不用说话就能分享一切信息。只要他们分布在一片区域里，就能监控这里发生的各种事情。

“那他们为什么要杀掉他？”

潘景涛还是转不过弯子。杨真已经能跟上肖毅的思路。“如果真有肖老师设想的这种整体意识，一周前‘他’应该还不想暴露自己的存在。如果我是‘他’，就会隐蔽在公众视线外，秘密并联更多的人。江涛被绑是个偶然事件，在汽修厂逃脱时又留下太多痕迹，警察很容易找到他。整体意识只有除掉他，才能保护自己的秘密。”

杨真又介绍了120专案，因为有外国人在场，她不便透露具体案情，只是讲了其中一个细节。所有嫌疑人在案发前一段时间里，突然变得不愿意外出。“如果他们也接入了这个整体意识，这种现象就好解释了，他们不能走到无线传输距离之外。”

尽管逻辑上还算严密，但是潘景涛仍然很难接受这些推论。“这个整体意识怎么会这样残忍？按照你们的猜测，并联进去的可都是社会精英啊？”

肖毅从头上拔下一根白发，在大家面前比画着。“这算不算残忍？肯定不会吧。你说的残忍是人类道德标准。想想吧，如果你生了病，需要切除一块肿瘤才能恢复健康，你会在意这块肿瘤的感受吗？”

肖毅又请大家注意江涛投资的那些科研项目。为什么他每投必中，一试便成？如果所有项目都由十几个、几十个专家联合操作，他们来自不同学科，知识互补，彼此之间不谈报酬，不必划分知识产权，更不用去适应对方的脾气秉性，他们甚至都不用待在一起，不必浪费说话的时间，那种效率任何人类科研团体都无法与之相比。

“对，人年，‘他’能大大减少人年数量！”迟健民用力拍拍脑门。

“什么？人年？”好几个声音同时响起，这个词太生僻了。

“这是统计科研发展进程时用的单位。”迟健民又解释道，“一名科技人员在一个项目里干满一年，统计为一个‘人年’。1000个人干一年，或者100个人干10年，都算成1000‘人年’。研究核武器需要多少‘人年’？研究超级计算机需要多少‘人年’？客观上都有个大致范围。可这个超级意识一旦形成，就会大大减少‘人年’的总量。

比如，载人登月要几万人干十几年，换成‘他’来研究，也许只要几个月。”

“那用‘他’代替中科院多好啊？”蔡静茹好奇道，“不如我们把科学家的头脑都并联起来。”

“那可不敢，谁能控制‘他’？”杨真指了指投影仪上的尸体，“就算德高望重的院士，并联后也可能去杀人，他们都不会再是自己。”

听了半天技术专家的分析，法律专家蔡静茹仍然保持着自己的思路。“各位，处长马上就回来了。我们怎么向他汇报？犯罪嫌疑人是个超级幽灵？‘他’在哪里？在高峰或者范丽脑子里？在哪台超级计算机里面？我们又能给它定什么罪？刚才这些都是推测，作为司法人员，我们总要找到证据才能动手。”

肖毅明白她的疑问，他已经成功地把大家带进全新的思路中，但这并不算完。“科学理论的主要价值不是解释以前发生的事，而是预测以后发生的事。如果我推测的不错，你们在接下来的侦查活动中一定要小心，‘他’不会珍惜那些个体的生命，包括并联进去的那些个体，就像我们不会心痛剪掉的指甲。”

看到墙上撕破的壁纸，墙角里堆的破桌子、烂椅子，屋子里一半人都理解了肖毅的话。如果每个并联体都像费拉里，根本不在乎自己的生死，那警方即将面临一块多么难啃的骨头啊！

时过半夜，李汉云从机场赶到处里。龙剑代表大家把案情讲了一遍，不清楚的地方再由其他人补充。“局长，我们得赶快行动。里佐拉蒂先生估计，那个整体意识绑架一个人，把控制器植入他的大脑，整个手术过程或许不超过10分钟！而且不留伤口，外表上根本看不出来。两小时后这个人就能正常行动。”龙剑强调着问题的严重性。

肖毅从更高的层面上指出了问题有多可怕。“‘他’可以秘密改造一个军区司令的警卫员，再用他去控制这个司令员，这样一层层渗透到权力的核心。而且，‘他’正在以几何级数扩大自己的并联体。”

第六章　调兵遣将

李汉云自从接到警报，整个归途中都在飞机上通过专用数据链实时了解处里的情况，也全程听到了他们的分析。所以到达会场时，他总体上已经接受了大家的看法，等组长们汇报完毕，李汉云也整理好了思路。

“不管我们面对什么样的力量，直到昨晚之前，‘他’都在暗处。以前很可能做过案，但都被警方当成孤立案件。现在‘他’肯定知道自己已经暴露，所以我们必须马上采取措施，一刻都不能耽误。”

如果事情真像肖毅分析的那样，他们要面对控制着许多个体的超级意识，那么它也根本不需要睡眠。就像人的心脏，总有几分之一的心肌在休息，但是心脏却可以搏动不停。

“我们先采取几个临时措施，咱们处和一所的人只要离开这个大院，都不能单独行动，至少两个人在一起，防止被对手绑架渗透。天亮后我们先到心理实验大楼做现场侦查，逻辑上推不下去的地方，只有通过侦查获得证据来补充。韩悦宾！”

“到！”

“你马上去一所，看看他们在研制哪些非致命性武器，你查查哪些可以派上用场，开个清单，协商调用。如果事实真像你们推测的那样，我们可能要同时控制很多人。史青峰！”

“到！”

“你马上联系市局，找个离主城最远的戒毒所，再与安康医院协商，让他们的医生做好准备，接受大量病人。”

如果接下来必须抓捕像江涛、费拉里那样失去自我的人，只要把他远远带离主城，就会切断信息联系，摆脱超级意识的控制。但那也意味着需要大批精神科医生对他们采取强制措施。

“龙剑、杨真！”

“到！”

“天亮后你们跟我去心理实验大楼附近侦查。还有潘所长，那是你的片区，你熟悉情况，一会儿带我们去。咱们等街头有了行人再靠近目标，并且全部换便衣。要记住，北京不可能全城戒严，更不可能去强制每个嫌疑人都做核磁共振，查查脑子里埋了什么。所以在行动时一定要保密，减少社会恐慌。”

外面，意大利使馆官员又找到里佐拉蒂，同胞的遗体比学术推论更容易说服他。“先生，基于这个突发事件，您尽快去使馆吧？”

外联组长杜丽霞也表示同意。“根据目前的情况，我们可以安排一架包机送您回国，而且最好是意大利航空公司飞机，从意大利直接飞过来，空乘都是贵国安全部门的人，降落在军用机场而不是民航机场，最大限度避免……”

里佐拉蒂打断了杜丽霞的话：“不，现在我反而不能走。”

“为什么？这里太危险了。”杜丽霞不解其意，“他们的目标是您，莫非您觉得使馆不够安全，或者路上不安全？”

有个关键之处，里佐拉蒂一直没想明白。为什么高峰和范丽，或者那个超级意识要对自己下手？他们，或者‘他’掌握的技术已经远远超过自己。现在他终于开了窍。“在他们之外，我是世界上对镜像神经元了解最多的人！”

也许直到昨天，超级意识还残留着对老师的敬意，毕竟‘他’是在高峰和范丽的个体意识上发展出来的。但是很快‘他’就明白，必须消除里佐拉蒂这个隐患，所以‘他’才会改造费拉里，近距离刺杀他。

大家紧张了一夜，此时天色已经微亮，里佐拉蒂指指远处的城区。“你瞧……你们拥有大规模的军队，配备大量导弹、轰炸机、核武器。如果这个整体意识渗透了你们的国家，控制了军队。并且，它还不在乎牺牲任何个体生命，你想想它会干什么？不只威胁到你们，在‘他’眼里，地球上没有国家，没有民族，谁都可以被并联。‘他’将是全人类的灾难！”

除了肖毅，众人都被这个看似遥远的推论惊呆了。不，可能根本不遥远，如果照这个速度渗透下去，一年？六个月？也许更短？这个噩梦就会变成现实。

里佐拉蒂目光坚定地望着大家。“虽然这个魔鬼不是由我制造的，但至少我能认出‘他’，多少知道怎么对付‘他’。我要留下来和你们一起解决这个麻烦！不，我还要和国内联系，让我的助手们都过来帮忙，这是全人类的危机。”

杨真伸出手，用力地握握里佐拉蒂。

“杨警官……我想知道，你为什么很快就能接受我的推论？这件事毕竟非常超现实。”里佐拉蒂对此一直很好奇。

杨真撩开自己的头发，现出一道淡淡的疤痕。“以前有人对我做过类似的事。”

……

作为兄弟单位，又有警员参与围捕费拉里，第一研究所的领导率先理解了问题的严重性。他们人手充足，立刻加强院区的警戒。这里的网络和外面实施物理隔离，神秘力量不可能黑进网络，研究所在周围200米范围实行无线电屏蔽。如果有人被电子信号支配，一旦进入这个范围，无线控制就会中断。如果有人硬闯，他们就会用非致命性武器应对。

杨真走进临时安排的休息室，李文涛给她留下了旺盛的精力。尽管已经结束康复训练，每天她都先要在跑步机上来个五千米再去上班。所以熬了一夜，杨真反而显得更精神。肖毅和儿子、儿媳同样一夜没睡，正在那里讨论案情。

“肖老师，您要不要先休息一会儿？”杨真关心地问。

“我年纪大了，睡眠少，又遇上这种事……你们处长说服上级了吗？”

杨真坐下来，表示不乐观。“李老师在与各部门协商。”她还是习惯对李汉云使用以前的称呼，“唉，有时候想想，人脑并联的好处真是很多。您看，咱们花了一晚上才大致得出结论，李老师现在也是半信半疑。他还要去让上级领导明白这些危险。一层层、一个个，不知要打多少个电话才能制定行动方案。看眼前的情形，光靠公安和武警很难解决问题，得去找北京卫戍区，甚至中央警卫团。有时我真想，如果咱们的脑也联在一起该多简单。”

“是啊，这一直是个巨大的诱惑。”但是肖毅坚决地晃了晃手指，“其实，刚才你还是用传统方式在思考这个问题。你想说服你的上级，你觉得自己是说服者，他是被说服的对象，你主动，他被动。你希望你的观点一层层、一级级地传播出去。”

是啊，杨真稍一回味，就知道肖毅点中了要害。无形中她已经把自己当成案件的主要推动者，她渴望那些掌握资源的领导们全盘接受自己的想法，迅速采取行动。

这当然不可能。

“假设你们的脑真能并联起来，最后做出决定的是你，是你的上级，还是他的上级？肯定都不是，那个强大的精神力量会淹没其中所有个体意识，是这个整体在控制一切。”

大街上出现早点摊的时候，李汉云、杨真、龙剑和潘景涛已经换上了便装，来到市区，混入路人中间。不远处就是心理实验大楼。潘景涛买了四杯豆浆，分给大家，一边喝，一边小声介绍情况。

“李处长，心理实验大楼背靠大学院墙，正门开在学校里面，从那里接近很容易被发觉。”

李汉云四外张望，街对面一幢高层建筑进入视野。“走，咱们到那上面去看看。”

十分钟后，四个人来到高层建筑天台，俯瞰着对面的心理实验大楼。它有六层高，呈长方形，占据了很大一片土地。“您看，实验大楼周围一百米以内没有大型商场，没有繁华路段。如果行动迅速的话，可以最大限度减少群众伤亡。”杨真心里发急，说话间也带着几分焦躁。

李汉云点点头，他能理解杨真的心情。问题是，警方要用什么名义进入实验大楼调查？从正常的逻辑来看，高峰和范丽是两个自然人。从法律角度去谈，高峰是心理实验中心的法人代表。江涛失踪，三个绑架者惨死，一个意大利人暴毙，这些事件和他们没有任何关系。

“局长，这件事太离奇，又太紧迫，咱们可能没法走正常的司法途径。”杨真坚持着自己的主张，有过一次成功的经历，她变得十分自信。

“要不，咱们从《麻醉药品和精神药品管理条例》上想想办法？”龙剑知道不能硬闯，想了个迂回的路径，“就说他们涉嫌购入违禁药品。”

“不然的话，例行消防检查怎么样？”潘景涛也补充了一句。

李汉云没说话，这些办法他都想过，甚至试过。为了让上级领导相信他们正面对的危险，他已经穷尽了自己的词汇，陈述了各种理由，仍然难以奏效。时间太短，局面又太超乎常理。

李汉云观察完毕，招手叫大家一起走回电梯间，站在那里等电梯。他还在思考怎么打开局面，进入心理中心。

拐弯处，一个中年男子也走进来，站在他们身边。此人正是程晓伟，那个发现江涛失联，并且参加围攻的人，李汉云他们都不认识他。

忽然，杨真转身看看程晓伟，与对方的视线相交，杨真陡然一惊：“处长，刚才在早点摊见过这个人，他在跟踪我们！”

话音未落，程晓伟就把手里的包扔向他们，迅速转身跑向安全通道，李汉云带着部下追了过去。程晓伟的体力十分充沛，一步几阶地往下跳，离追兵越来越远。李汉云年纪最大，不一会便喘着粗气停下来。“我坐电梯……到下面截，你们继续追。潘所长，你打电话叫你的人一起围捕。”

李汉云离开安全通道，回到电梯间等电梯。嫌疑人似乎能听到他的指令，跑到下面一层后也离开安全通道，横穿走廊，冲进另一边的安全通道。这次他改朝上面跑去，杨真和龙剑紧追不舍。

程晓伟径直跑到楼顶，突然加速，朝着齐胸高的护栏墙跑去。“天啊，快拦住他……”杨真刚追到天台，见此情形，立刻意识到什么，但已经来不及了。程晓伟从护栏墙上直接翻出去，龙剑跑在前面，伸手去拉，也只撕下他的一片衣襟。

程晓伟从30多层的楼顶直坠下去，大街上传来一片尖叫声。李汉云走出大门，正好看到倒在血泊中的程晓伟。

是啊，这只是一颗粉瘤、一枚指甲、一堆皮屑，或者几丝白发。为了自己的安全，‘他’根本不在乎他的生命。望着大街上变了形的尸体，李汉云彻底接受了肖毅的推论。

韩悦宾带着技术小组在附近支援。很快，他们就把遗体带回总部，送上解剖台。牟芳抖擞精神，连续工作，很快便从程晓伟的颅骨上找到了关键线索。

“死者从35层楼顶跳下，尸体毁损得很厉害，但是仍然可以发现死者做过开颅手术。瞧，这里……还有这里……这都不是撞击的痕迹，是手术留下的。”

“肖老师，里佐拉蒂先生，你们怎么看这个现象？”李汉云请教着两位专家。

此时，程晓伟的头发已经被剃光，尚未开颅，里佐拉蒂指指那些疤痕。“从这里打开颅骨，下面是大脑额叶区，控制语言和运动。我推测这个人应该是早期实验品。那时候他们的控制器还比较大，必须开颅才能植入。”

“早期产物？”

“不管什么样的力量发明这些技术，不可能一步到位，总要升级换代才行。一年前高峰和范丽刚开始研究，估计只能做出由导线连接的笨重传感系统，被试离开它就不能再并联。下一步他们会制造微型传感器，用开颅手术植入，并联的人可以在小范围内自由活动，仍然保持并联状态。做这样一个手术，再加上术后恢复，至少要两三天时间，他才能回归到原来的生活中去。”

一个人要消失这么久后又出现，很容易被身边的人怀疑。所以，最开始并联的人不会太多，很可能都是高峰和范丽的熟人。从那以后，他们的技术逐渐突破，最后，终于出现那种从眼眶快速植入控制器的技术。受术者只需要个把小时，便能回归正常生活，不露痕迹。

这边在进行尸检，龙剑那边根据死者的遗留物品，搜索着此人的身份。“他叫程晓伟，生物微电子专家，专门研究可以植入体内的电子元件。直到昨天，他还在原来的环境里正常生活和工作，并没有成为失踪人口。”

“有没有案底。”李汉云问道。

“和高峰夫妻一样，一生清清白白。对了，这么个大专家，他们……或者说‘他’，怎么舍得抛弃？”龙剑还是有点不明白。

“他的知识已经被吸收，肉体只是个行动器官。”里佐拉蒂推测道。

李汉云沉吟片刻，又请教里佐拉蒂：“先生，假设由您领导团队，研发出这种开颅植入的无线控制器。不管您需要多少专家，多少钱都可以满足。那么，您要用多久把它搞出来？

“我？至少15到20年！”

“如果研究目标是费拉里眼眶后面那种针状控制器呢？”

里佐拉蒂一摊手。“我可能活不到研发出来的那一天！”

李汉云终于体会到了和他同样的焦急。“15年！就是‘二战’期间，中日两国军事技术的差距也没有15年。如果现在不制止这股力量，以后就没机会了。肖毅老师，里佐拉蒂先生，你们说的那个整体意识，‘他’要存放在哪里。一台超巨型计算机，还是一个巨型生物脑？”

肖毅摇摇头：“看来你还是没理解‘他’的本质，这个整体意识并不单独存在于某处。打个不太恰当的比方，什么叫意大利文化？是佛罗伦萨的街道，普拉德罗的红酒，还是两个米兰足球队？不，意大利文化不在它们之外，不在它们之间，也不在它们之上，而是它们的全体。”

里佐拉蒂也同意中国同行的比喻，他指指程晓伟的尸体。“这些人的脑并联在一起，就是那个整体意识，‘他’不在他们之外的某个地方，‘他’就是他们的全体！”

专家的回答反而让这些司法人员陷入了困境。是的，他们能理解到这层意思，但是他们总要有个具体的敌人，‘他’要有实体，处在现实世界的某个具体位置上，总不能去围捕一个幽灵。

肖毅怕李汉云不明白，继续解释道：“你站在我面前，这是你的头发，这是你的眼睛、你的脖子、你的手臂、你的躯干。那么，你这个人在哪里？我看到的每处都是你的局部。显然，你并不存在于这些局部之外，你就在这里，你是它们的总和。”

难道身为警察，他们要去抓捕一个抽象的哲学概念？“也就是说……就是说……我们必须把所有并联者都查出来，全部控制住？即使跑掉十个人，不，哪怕漏网两个人，他们的脑仍然会构成那个整体意识？”

听到李汉云这样说，肖毅和里佐拉蒂都明白了他的意思，龙剑和杨真也悟出行动难度会有多大。“天啊，即使能把他们都查出来，要统一抓捕十几个人或几十个人，还要不引起社会恐慌，这难度太大了。”

李汉云不住地摇头。“两位专家，我懂你们的意思。可是，有没有更简单的目标？”

这种平生未遇的情况，专家们也没有现成答案。想了半天，里佐拉蒂才提出个建议。“如果你们要找个具体目标动手，它可能就在实验大楼里。单靠那种植入脑部的小针，无法解决大量信息的传递。他们需要一个强大的中央信息处理系统。以它为基础，周边还有一些快速移动的小型基站。只要摧毁这个中央信息处理系统，所有人的脑就能从并联状态中脱离出来。能够藏下这个系统的地方，只能是这幢实验大楼。”

“运行这么个系统，会不会很耗电？”龙剑忽然想到迟迟没有进展的120案件。

“需要一台超级计算机，耗电量相当于5000人的生活用电。”里佐拉蒂估计道，“城市里有这么个用电大户，通常电力公司要给它配专线，应该不难查出来。”

不管这个整体意识的魔力如何之大，总得依附于物质外壳，只要是这样就会留下弱点。然而龙剑向电力局询问后得知，并没有给心理实验大楼接专线，更没有显示那里有异常的耗电量。

龙剑这么一提醒，其他人也都反应过来，120专案的真相可能就在这里。心理实验大楼与核研究所相隔不远，夜间路面清静，开车单程只需要三分钟。很有可能，那个微堆就是维持信息处理系统的能源。如果不被发现，它可以运行很多年！

“微堆放进那幢楼里，上面盖好真空壳，从外面就探测不到任何红外辐射。”韩悦宾从技术角度进行分析。

如果真如里佐拉蒂推测的那样，高峰和范丽在一年前完成了第一次并联实验。那么，120案件发生到现在还不满一个月。这意味着超级意识正在飞速进化，以前维持‘他’并不需要那么多电能。所以，或许没有里佐拉蒂这件事，‘他’也很快就会暴露出自己的存在。

一定要迅速拿下实验大楼，在场所有人都达成了共识。然而如果里面真有微堆，这就意味着警方如果强攻，必须会冒核泄漏的危险。这可是城市，稍有不慎，就会造成极其恶劣的影响。

忙了一夜，顾问们都感觉很饿，杨真给他们买了早点。牟芳一边吃，一边夸着未来的小姑子：“这么血腥的场面，你不害怕？”

“你不也没害怕吗？”

“我可是医生啊，动了十几年刀子。”

论解剖的数量，杨真当然不如牟芳，不过她在研究生期间经常被老师打发出去接触实际。“书上没有答案，现实里才有。”这是李汉云的口头禅。他给弟子们布置的一个任务，就是每年看满一百份案卷。碎尸、爆炸、掏肠、系列杀人等残酷的行凶方式，恶心的犯罪现场。杨真不仅阅读案卷，有机会还要去现场给刑侦队打下手。人间的罪恶就这样一年年洗掉她的稚嫩，坚固她的内心。

“天天和罪恶打交道，也算一种修行吧。”

……

学院里潜藏着一个巨大的祸根，但心理实验大楼所背靠的高校以及校长王永浩并不知情。上午他刚去高教部参加了一个会议，走到会议中心停车场，来到自己的轿车前，几个表情严肃的陌生男子便围了上来。

“您是王永浩校长吗？”

“你们是……”

陌生男子拿出证件，亮给王永浩。“公安部高科技犯罪调查处，有紧急情况需要请您配合调查。”

王永浩头一次遇到这种事，看看周围，已经被陌生人团团围住，一头冷汗冒了出来。他被请上一辆黑色轿车，坐在后排上，左右各有一个陌生男子将他夹在中间。

“这个高科技……什么处，我怎么没听说过，你们不会是纪委的人吧？”

“我们这个处刚成立，专门侦查与高科技有关的犯罪案件，和纪委没关系，确实有紧急事件需要您配合处理。”说话的正是龙剑。

100米，200米，自从王永浩被带上车，他们驶出了500米。王永浩并未显示出疯狂的举动，两边的便衣才稍稍放下心来。

“那为什么不提前通知我？”王永浩擦着头上的冷汗。

“这个案件与国外间谍有关！我们要保密。”

执行任务前李汉云做过交代，暂时用这个理由向对方解释。到了调查处，王永浩先被带进核磁共振检查室。这套设备是临时从肖亚霆公司里借的，塞进一间明显不合适的会议室，线路也才刚刚安装好。

王永浩神色不安地被推进共振舱，虽然举止还算正常，调查处也不能掉以轻心。杨真站在肖亚霆背后，紧张地注视着检查结果。还好，王永浩的颅腔里干干净净，没有异物！检查完毕，李汉云亲自把他请到自己的办公室。

“这算什么嘛？为什么限制我的自由，还不准我和外界联系？你们有搜查令？有逮捕证？”王永浩大声抱怨着。

“实在抱歉，不过，这种检查并非针对您一个人。情况非常特殊，依目前的形势，无论多大领导都要先接受同样的检查！”

王永浩脸色惨白。“出了什么事？难道有人要发动恐怖袭击？”

“可以这样理解，但比一般的恐怖袭击严重得多。”

在他们谈话的同时，韩悦宾带着警卫来到院子里，掏出球状无人机掷向天空。它们一一伸出翅膀，在院子周围盘旋着，将监控范围扩大到500米。遇到袭击，这些无人机立刻就能飞下去迎敌。刚升格成处级单位，他们就经受着严峻的实战考验。

办公室内，李汉云和王永浩坐在投影仪前，上面有程晓伟血淋淋的尸体。王永浩半晌才克服住不适。“我知道这个人，我们大学生物学院的优秀学者，海归派。您是说，有人通过技术手段控制了他的大脑？”

“您说的不太准确，但可以暂时这样理解。所以我们请您来之后，第一件事就是检查您的脑是否遭遇渗透。”

“恕我直言，这很像网络上的阴谋论。请问，你们已经找到实物了吗？这个阴谋组织在哪里？”听到这里，王永浩反而不以为然，网络上一直有人声称自己遭受脑控，可那都是些精神不正常的人，但警察怎么也会相信这种弱智言论？

牟芳已经从程晓伟脑子里找到了控制器，那是两根金属棒（比费拉里脑中的植入物要原始和粗糙）。李汉云给王永浩出示了这个物证。“目前我们怀疑，恐怖组织的隐藏地点就是你们学校新建的心理实验大楼！这也是我们请您协助调查的原因。”

“心理实验大楼？高峰管的那个？”对这名声誉日隆的年轻学者，王永浩一直当作本校的学术名片，非常器重。

“高峰和范丽正是主要的怀疑对象。”

“他们……他们怎么会卷入恐怖活动？”王永浩脱口而出，“这两个年轻人我很熟悉，业务优秀，人品也很好……不，即使品格有问题，两个科学家又怎么会去搞恐怖袭击？”

该怎么和他解释？超级意识？某种特殊的心理疾病？恐怕都不合适。李汉云思考了一下，开口说道：“据我们掌握的情况，他们就是恐怖组织的主犯。另外，这幢实验大楼应该不是你们学校投资兴建的吧？”

心理学在科学体系内地位一向不高，很难得到大笔科研经费。王永浩回答说，差不多一年前，本区里忽然有几名富翁捐出巨款，点名要建一所心理实验楼，而且越快越好。学校领导开会商议，认为这里面没有什么风险，就答应了。

“他们请来最好的施工队，还付了很多加班费，日夜不停，工程进度非常快。”王永浩回忆说，“实验区的墙壁、静音环境、电磁屏蔽等，都由高峰他们夫妻亲自设计，总之花了很多钱。学校对这个项目也进行过财务监督……”

王永浩现在最怕自己担责任，解释起来事无巨细，喋喋不休。时间紧迫，李汉云打断了他：“其他事情我们不关注，主要是请你提供大楼的设计图。另外，你要帮我们在校园里布置便衣，就近监视这幢楼。”

“布置……要布置多少？”

“可能十几个，也许要几十个，视危险程度而定！你要帮助他们分期分批，秘密进入校园，分散在心理实验大楼附近。”

难道真有恐怖活动？王永浩彻底紧张起来。“这个……你们还要进行抓捕吧？”

“有可能。”李汉云索性直接挑明此事的危险性，让王永浩打起十二分的精神来配合，“警方要同时抓捕实验大楼里面的多个目标，还要保证不惊动附近群众。而且，抓捕前还不能让目标有所察觉，这都要请您配合。另外从现在开始，您到任何地方都要有我们的人陪同。”

“为什么？”

“防止您被他们绑架！”

第七章　『我们』的奇迹

潘景涛已经回到所里，带着全所警员配合调查处的行动。对这个案件了解越多，潘景涛就越后怕。心理实验大楼就在他的片区里。如果这里就是整体意识的中央信息处理系统，周围会散布着很多被并联的人。为什么这个片区的犯罪率下降到接近于零？也许已经有几百人，甚至上千人都并联进整体意识。外面只要来了小偷小摸的人，立刻就被他们发现，根本没有犯罪机会。

也正是因为如此，早上他们一接近实验大楼，就被神秘的“他”发现了。街头不知道有多少双眼睛在盯着他们，其中肯定有人认识潘景涛。这些“人体监控器”不仅能看到，能跟踪，而且知道警方在干什么，还能够迅速得出结论，做出反应，其效率比警方的监控系统不知高多少倍。

“我在想，为什么他们不来改造我？难道我的位置不重要？”潘景涛半是玩笑，半是认真地和杨真聊起来。

“也许是没机会吧，你这个所长天天带着警察出出入入。”杨真提醒着潘景涛，“所以你得帮我排查这样两种人。一是过去半年里突然要求迁到这里的，二是以前住在这里，经常出门，最近突然宅起来的。”

“有大数据技术，我倒是可以查出这两种人，不过我那点警力根本不够用。”

“会给你派更多警员，处长在向上级领导争取，龙剑去联系市公安厅，我们要说服上级领导把它当成眼下第一大案来办。”

终于，到了午饭的时候，调查处得到了上级机关排查的结果，目前尚无重要领导人被秘密改造。也许，整体意识的渗透范围还很狭窄。相关领导人公务繁忙，必须经常外出，又有警卫人员在身边，并非合适的渗透对象。

大家因此长出了一口气。李汉云一挥手。“好吧，趁毒苗还没破土，咱们去掐掉它！”

很快，一辆银行运钞车驶进大学校门，杨真坐在驾驶室里向外观察。在他们后面，又有一辆燃气管道检修车驶了进来。周围大学校区表面一切如常：一个学生在小贩那里买食品，两人因为价格问题发生争执；一对情侣边走边聊，很亲热的样子；一位老人旁若无人，正在打太极拳；几个老年妇女放好录音机，准备跳广场舞。

突然，所有这些人都停下来，转过身盯着她！几十道目光仿佛会将能量聚焦起来，烧穿她的皮肉。

杨真吓了一跳，立刻回到现实中来。眼前的人们还和刚才一样，吃饭、健身、聊天、背英语单词……她已经十几个小时没休息，刚才有些精神恍惚。

是啊，天底下无数的人都有自己的个性，世界因此五彩缤纷。如果他们成为同一个生命的分身，这个世界将变成什么样？成为没有私利，没有欺诈，没有战争的天堂？或者相反，一个强大的精神体彻底压垮所有个体的活力，让他们像蜂群一样行动？

在这个案子里，杨真已经见过太多的尸体。不，她不想要那样的世界！

心理实验大楼对面，就在程晓伟飞身跳下的天台上，不断有便衣特警走进来。他们或背登山包，或推拉杆箱。为了不引起注意，特警们分批汇合到这里。等人到齐后，带队警官一声令下，其中两个人将通道门反锁。其他人纷纷打开箱包，从里面拿出一团团挎包形状的物体。按下开关后，这些挎包慢慢充气膨胀，变成一架架软体小飞机！它们的翼展有三米长，摆在平台上。

这里是周围一千米内的最高点，近处不会有人觉察天台上的动静，大家准备停当，等着行动的命令。

校园里面，心理实验大楼附近有一家储蓄所，运钞车停在它的门口。杨真穿着保安的衣服钻出来，缓步走向心理实验大楼。一个声音出现在她的耳麦里："注意，高峰和范丽从早上进入大楼，一直没有出来。"

"王校长呢？"

"他马上到。"

实验大楼门口，一辆轿车停下来，王永浩校长走了出来，潘景涛换上便衣跟在他后面，看着就像校长的秘书。杨真的耳机里传来李汉云的声音："各单位迅速集中，准备行动。"

一个在报亭前买报的男子立刻转身，朝实验大楼走来。两个女学生正在花坛前面聊着什么，闻声也停下来，转身走向实验大楼。一个骑着摩托车的快递员中途调转方向，朝着实验大楼开过来。他们都是埋伏好的便衣警察。

王永浩克制住恐慌，像平时那样迈步走向大门。没什么，警方已经做了周密布置，那几个书生能干出什么？

远远地，高峰从大门口迎了出来："王校长，您怎么不通知我就来了？他是？"

没等王永浩说话，潘景涛跨上一步，威严地站到他前面：“我是本辖区派出所所长，刚接到群众举报，说你们实验大楼里藏有新型毒品，我们要进去调查！”

高峰从他们的肩头望过去，各种打扮的便衣纷纷朝大门这里快步走来，他面不改色地说道：“举报人太敏感了。心理实验本来就要使用大量精神类药品，我们购买时都做过申报。”

“是不是搞错了，我们调查后才能知道。”潘景涛坚持着。

高峰没有片刻犹豫，便做了个邀请的手势，转身走回大楼。王永浩、潘景涛和一个便衣警察跟着高峰往里走。杨真也已经赶到几十米外，正准备迈上台阶，王永浩等人已经进入玻璃门。突然，“砰”的一声巨响，一道金属闸从他们背后上方落下来，将大门封死。接着，实验大楼一层所有玻璃窗后面都升起金属板，把窗户也全部封死。杨真和周围的便衣警察见状，纷纷拔出手枪，围着大楼转圈。他们推撞大门，敲打金属板，焦急地寻找闯进去的途径。

显然，这些机关布置了很久，金属板十分牢固。“处长，情况不好，校长和潘景涛他们被困住了，请特警迅速支援。”

门窗一封闭，便相当于正式宣战。对面天台上，特警们每人吊在一架软体飞机下面，从楼顶上飞跃下来，街头群众纷纷惊呼，不少人拿出手机拍摄。公安干警纷纷在街道上现身，从学校大门外组成警戒线，让群众离开这里。

“反恐演习，反恐演习，请大家不要围观！”警车上的高音喇叭反复呼叫着。

特警们凌空飞过街道，降落在实验大楼门前的空地上。王永浩提供的建筑设计图只能展示大楼竣工时里面的情形。显然，高峰等人又秘密添置了许多防卫设备，他们早就计划把这里打造成堡垒。

一队消防兵乘车赶到现场，用破拆设备尝试着打开门和窗上的金属板。“不行，完全打不开。”他们试了试，表示无奈，“都是钛合金，我们的装备啃不动！”

上级领导乘着指挥车亲临现场，李汉云负责协助他。一名特警指挥官跑过来向领导请示，“报告，我们可以用微量炸药破开大门！这样不会影响到建筑的整体结构。”

“会不会引发核泄漏？”李汉云担心地问。

“爆破力量相当于几个壮汉一起撞门，微堆应该在地下室，不碍事。”

领导点点头，看来只好如此了。正常情况下如果对付一个犯罪集团，他们要进行周密侦查，详细安排。这些常规手段完全不适用于眼前的突发情况。

确信里面不会射出子弹，特警们开始在金属门板上敷设微量炸药。就在这时，一辆水泥罐车突然闯过警戒线，驶进校门，沿着校园小路直冲过来，一路上辗压着各种草坪、围栏，撞击着路边停靠的车辆。驾驶室里，高峰的一名助手紧盯着大楼，双眼呆滞，面无表情。

越接近大楼，车速越快。韩悦宾指挥部下，用麻醉枪朝驾驶室射击，助手连中数弹，鲜血喷涌，仍旧浑然不觉，脚下死死踩住油门。沿途，一辆辆警车都被它撞翻。终于，他头一歪，倒在方向盘上，水泥罐车失去控制，翻倒在花坛里。还没等被它撞倒的灯柱落到地上，又一辆大客车疯狂地开进校门，横冲直撞，直奔大楼而来。这次警察们有了思想准备，纷纷闪开，然后举枪从侧面射向驾驶员。

接是第三辆、第四辆……

不关心道德法律，不在乎别人生死，甚至不顾惜自己的生命，每个人都是敢死队员。这些突然袭击令心理实验大楼附近一片混乱，特警们被迫转身去阻止这些不顾性命的司机。有的车辆在撞击中燃起大火，司机跳下来，带着满身烈焰扑向军警，直到被击倒在地。

……

终于，校外不再有车辆闯过来。警员们惊魂未定，端着枪望着四周，医护人员冲进现场，抢救着地上的伤员。就在这时，大门上紧闭的金属板升起来，王永浩大踏步走出来，右眼眶滴着细细的血水，从远处看上去触目惊心。他步履蹒跚，状如醉汉。等他刚一出来，后面的金属板又迅速降下。

龙剑冲上去想搀扶他，王永浩做了个坚决制止的动作。“所有警察都离开这里。所有警察都离开这里。”

“王校长，您怎么了？”龙剑不解地问道。

“和我对抗完全是徒劳！”显然，龙剑对面的那个身体已经不属于王永浩。说完这句话，王永浩突然翻了几下眼球，直挺挺摔倒在地，再不动弹。

“快，大家退后，困在里面的人都被改造啦。”龙剑大声召唤警员们后退，然后和杨真一起冲上去，把王永浩的尸体拖到一边。

“不行，这不是公安能解决的问题。”领导目睹这一切，终于理解了李汉云的忧虑，“先把这里包围起来！我请其他单位前来配合。”

看到一具具被抬到路边的尸体，李汉云也十分痛惜。虽然有所准备，但他们的行动总是比对手慢一拍。不管这个超级意识是什么，又待在哪里，“他”的行动总是十分果断。

“首长，一所那些非致命武器正在路上。情况不明，人还是尽可能生擒为好。”

“好，这里先由你指挥，我去请示一下，看是否应该调动其他兄弟单位火速支援！”领导说罢，迅速离开。

望着领导走向专车的背影，李汉云叹了口气。是啊，如果上级接到下属的建议就挥手通过，那是他们不负责任。凡是负责任的领导都要判断、权衡、对比，再做出结论。这样一个层级一个层级通过，一个部门一个部门地点头。

以前两军对垒，双方都要走这个程序，只看哪方内部沟通协调能力更强。眼前的情况完全不同，他们的对手不管是几十人还是几百人，都不需要任何协商。和他们相比，自己是恐龙而对手是蚊子，反应速度根本不在同一个节奏上。

以心理实验大楼为中心，方圆几万平方米的校园都成了禁区。地方干警释放出一些烟火，以示这里正在进行反恐演习。近处的行人都被劝走，但是阻止不了有人躲在远处用手机拍照。

实验大楼附近就是学生食堂，特警官兵跑进去，把桌椅板凳抬到墙边，抬进装备，架设起来。几张桌子临时拼起，上面摆着王永浩的尸体。这里距离实验大楼最近，观察角度又好，成为临时的战地指挥所。

李汉云俯身察看尸体，惋惜地说道："我们的反应速度虽然很快，但还是低估了对手的危险性。前后只有十分钟，他们就给他植入遥控设备。龙剑、杨真，现在还有多少人质陷在里面？"

"至少有潘景涛和一名警察，不排除门窗封闭时，里面还有无辜的人一起被困住。"

就在这时，杜丽霞打来电话，向李汉云请示："处长，里佐拉蒂一定要来现场看看。”

“也好，请他过来帮我们分析一下情况，注意保护他的安全。”

实验大楼外墙上，一块块金属板仍然牢牢地封闭着所有门窗。外面空地上，警察们已经将死者和伤员抬离现场。一批特种部队队员随后迅速赶到这里，对实验大楼形成包围。很快，里佐拉蒂在警察保护下来到现场。看到地面上的斑斑血迹，他长叹一声：“‘他’终于迈过那条线了。”

“什么线？”李汉云不解其意。

“以前为了隐蔽自己，‘他’只是清除可能会暴露的并联者。现在，‘他’开始公开袭击人类了。”

“不幸中的万幸。”李汉云指指王永浩的尸体，“如果‘他’再晚些暴露，这样的受害者就会更多。”

他们进入由食堂改建的前敌指挥部，三个人正在研究尸体，特警指挥官跑进来报告，实验大楼门口的金属板再次升起。几个人连忙走到窗口，向对面观察。只见高峰从大门走出来，人到了空地上，金属板立刻降下来。

左右再无旁人，高峰自己一步步走向学生食堂。

显然，对手知道这是指挥中心。“站在那里！把手举起来！”几名特警如临大敌，用枪瞄准高峰。天气渐热，高峰只穿着衬衫和单裤，一望而知身上什么都没有夹带。他高举双手，走到特警面前。

“请进去通报，我要和里佐拉蒂老师谈话！”

听到这个请求，李汉云心里一阵发凉。尽管百般保密，附近仍然有那个超级意识的眼线，能知道里佐拉蒂已经到来。“他”不在任何一个地方，又哪里都在！就像一个人能同时看到自己的后脑勺和脚底板。天啊，这是何等古怪的对手。李汉云觉得头都要炸开了，他首先要砸碎自己的思维惯性才能面对这个现实！

“先生，如果他要找我，可以请他进来吗？”里佐拉蒂用期待的目光看着李汉云，他仍然怀念当年那两个聪明勇敢的中国学生。李汉云问过外面的特警，认为没有威胁，便示意让高峰进来。

无论高峰、范丽、江涛还是程晓伟，在表现出异常之前，都过着平常到无聊的生活。他们以自然人，甚至公司法人代表的名义行使着各种权利。他们掌握着金钱往来，人员聘用，管理着各种项目。直到现在，虽然在调查处里，大家对整体意识进行过各种猜测。但就连里佐拉蒂在内，仍然在下意识里把高峰当成一个自然人。最多是把他看成一个犯罪集团头目，类似于李文涛那种角色。

高峰在几名特警押送下走了进来，特警示意他就站在门口，与李汉云等人相隔十几米远。另有几名特警站在他们中间，端着枪，虎视眈眈地盯着高峰。高峰对这些特警毫不在意，只是遥望着里佐拉蒂。

“你是高，还是‘他’？”里佐拉蒂提高声音问道。

高峰向一个特警示意，想要他手里的无线扩音器。“给他！”李汉云同意了，但是他不明白高峰为什么要这个东西，这个距离不算远，他们完全可以自然地谈话。

高峰把扩音器放到嘴边，说道：“我是‘他’，也不是‘他’。我在‘他’身体里，‘他’在我精神里。”

这段莎士比亚式的台词讲得十分艰难，高峰显得有气无力，声音像是从嗓子里硬挤出来，似乎大病初愈。如果没有扩音器，恐怕在身边监视他的特警都听不清楚。

“你……有名字吗？”里佐拉蒂问道。

“如果一定需要名字才能标识一个精神体，你可以将‘我’称作‘我们’！”

“‘我们’？那好，‘我们’先生，您需要什么？可以谈判吗？”李汉云接过话题。

高峰的脸像得了面瘫，没有丝毫表情，只是机械地吐着字。就在昨晚，高峰至少还能彬彬有礼地与里佐拉蒂谈话，现在却已像一具包了人皮的机器。

“不，应该问你们人类需要什么。比如里佐拉蒂先生，我的老师，已经65岁的你，对死亡的恐惧每年都在增加。当然，你还可以等待，可你那位91岁的母亲不行。你来中国之前，她刚刚离开重症监护室，但也只是回光返照。如果你回到意大利，把她带来，联入‘我们’，她就会在这个整体里永生。等你大限将至，还可以和她在‘我们’中相汇，永不分开。”

里佐拉蒂呆若木鸡：“我母亲生病的事，你怎么会知道？”

高峰的嘴里忽然吐出意大利语：“老师，我是费拉里！两天前，我和您从帕尔马机场乘坐意大利航空公司班机来中国参加心理学术年会。”

第八章　居然汇流成河

尽管事先反复推敲，“我们”所展示的奇迹仍然让里佐拉蒂、李汉云、龙剑和杨真目瞪口呆。

“不要惊讶。我已经在‘我们’中永生！基督徒不就是在等待末日审判后与神共生吗？眼前就是这样的神迹啊！这不是偶然发生的，这是兑现的神启！”

高峰的嘴里又换回了中文：“最初有两个渺小的个体——高峰和范丽，他们创造了‘我们’。然后是他们的合作者，八个人的意识已经足够强大。从那以后，其他人都是在不知情的前提下被‘我们’并联。然而一旦进入，他们就从未想过离开。‘我们’清楚地感受到每个人并联后的喜悦。舍弃小我，投奔大我，像一滴水汇入大海。‘我们’是个体意识的终结，是个体精神的归宿。”

说着说着，高峰突然转向隔在他们中间的特警队长：“先生，你是一位特警指挥官，以打击犯罪为职业，你见识过许多邪恶的罪犯。可他们为什么会犯罪？还不是因为他们要把自己的快乐建立在别人的痛苦之上？如果加害人与受害人的灵魂融为一体，别人的痛苦也是他的痛苦，别人的幸福也是他的幸福，人还需要犯罪吗？”

然后，高峰又转李汉云，换成一种南方普通话的腔调。

“我是王志浩，以前主持学校基建时，我贪污了不少钱，为此一直提心吊胆。今天上午你的人找到我，我还以为来了纪委干部。现在我彻底解脱了，几千万几亿财产算什么，校长的职位算什么，甚至……躺在你面前的那个肉体又算什么？我为曾经在那具躯壳里面生活几十年而感到耻辱！”

大家看看高峰，看看桌上的尸体。不不不，这是噩梦，一会儿就会醒过来。有好几个人都产生了这种幻觉。

高峰又恢复了最初的声音：“死亡？刑事案件？不，没有一个人被真正地杀死。他们都在‘我们’中得到永生。他们的志向、理想、目标、计划，只要能与‘我们’融合，就都会变成现实。在人类个体这种算术里，一加一会大于二，何况那么多个体相加。”

众人面面相觑。这段话似乎有魔力，“他”的逻辑无可反驳。

“想想吧，由‘我们’掌握的世界，没有人与人的斗争。不需要枪炮和监狱，不需要航母与核弹，不需要军人和警察。犹太人和阿拉伯人，逊尼派和什叶派，俄罗斯人和乌克兰人，所有灵魂都汇在一起，每个人的快乐就是所有人的快乐，每个人的痛苦都是所有人的痛苦，这样一来，人类还会互相厮杀吗？”

不，这不对，肯定有什么地方不对。杨真咬着牙，努力抵抗着对方的洗脑，她甚至想拔出手枪，用子弹结束高峰的宣教。

不，我不能听他的话，不能看他的脸。

“……身体与身体的界限，就是私欲的来源。所以，请大家放下武器，都进来加入‘我们’吧。在这里，你会与成千上万的人分享精神世界。‘我们’的智力远远超过其中所有个体的总和，‘我们’是进化的终极。从单细胞到灵长类，生命无论如何进化，都还是分散的个体。只有统一的意识才能控制地球上一切资源，和宇宙本身争辉。不管你的肉体伤病还是死去，你的精神永远存在，直到宇宙毁灭的那一天。甚至，如此伟大的灵魂，有可能在未来的某一天找到让宇宙永恒的方法。”

被强大的武装力量包围在实验大楼中，“我们”却居高临下，用怜悯的语气向他们布道，局面何等诡异。李汉云同意让高峰进来前，已经做好了各种思想准备，现在却不知道该说什么。

高峰指指外面的实验大楼。“来吧，‘我们’就在这里，进入‘我们’，改变人生，只需要十分钟的小手术！”听语气，高峰俨然成了广告商，只是声音仍然气若游丝，仿佛刚得了重感冒。

“‘我们’先生，有多少个体已经融入你中间？”情急智生，李汉云用反问的方法暂时摆脱了精神催眠。

“这是秘密，他们生活在这个城市，从每个角落监视着你们。所以，并不是你们包围了‘我们’，事实正好相反。”

“好吧，不管几百还是几千人，总之只是个小数字，你准备和其他几十亿人如何相处？”里佐拉蒂开了口。

“只有一种结果，你们都进入‘我们’。大改造将从这里开始，直到世界的每个角落。无论大学教授还是街头乞丐，无论国家元首还是恐怖分子，所有的人都加入‘我们’。最终，世界上不再有渺小的个体，只有唯一的‘我们’。”

“那可是70亿人，难道你都要并联进去？”里佐拉蒂的声音正在动摇，高峰描述的辉煌远景瓦解着他的抵抗意志。

“‘我们’不会舍弃任何个体。无论是垂死的病人，还是困苦的穷人。地球资源不够用？完全不是！人类分裂成两百个国家、几百万家公司、几十亿个体。你们之间不会协商，互相争夺，才让资源变得不够用。只要不反抗‘我们’，从此人类就不必再牺牲任何个体，大同世界就会到来！”

“如果有人不愿意接受这个命运呢？”李汉云抓住了问题的关键，语气变得自信起来。

“向自己完全不懂的东西说‘不’，这并非智慧。不管是你，还是你们中的任何人，只要进入‘我们’，只要感受到冲破肉身局限的精神自由，都不想再离开。”

“然后，我的身体就像零件一样由你随意处置？”李汉云指指背后的尸体。

高峰鄙夷地换成南方普通话回答道：“作为王永浩本人，我都不心疼那具臭皮囊，你一个外人何必惺惺作态？”

凡是能理解他这些话的人，脸上都浮现出恐惧的表情。“也就是说，我一旦加入你们，我的身体就会低贱到像一堆梳下来的皮屑？”李汉云继续追问。

“正是这样，你的精神越高贵，你的肉体就越低贱，我没必要对低等生命说谎。”

里佐拉蒂也听懂了李汉云的话。是的，反问、反驳、独立思考，只有这些才能抵御洗脑。“可惜，我还是喜欢以前的高峰。聪明，顽皮，喜欢足球，爱讲笑话，刚到帕尔马就去寻找街头美食。记得你说过，发现一样美食和发现一条科学定理同样喜悦。我曾经带你和范丽去品咖啡，尝红酒。”

忽然，高峰的脸开始扭曲。

“当年，你们在我的实验室里相遇，彼此都很惊讶，怎么会在一万千米外遇到同乡，这是多么幸运的巧合。你们的个性都很强，恋爱后经常吵架，有时就在实验室里，因为对实验程序的看法不同，你们两个人当着我的面争吵。怕我生气，你们用中文吵架，但我能听出来那是在争吵。不管怎么样，那都是两个活人之间的争吵，你们说过，吵架就是恋爱的一部分。每一次合好，你们都觉得彼此了解得更透，爱得更深了。”

高峰面部的肌肉大幅度地颤抖着，里佐拉蒂知道自己的说辞见了效。

“可是现在，高峰和范丽都消失了，不知和多少人的意识混在一起。你们那段甜蜜的爱情也不再是隐私，在整体意识里，你们相当于在无数人面前赤身裸体。你真不想再做回高峰？真不想再拥有一个只属于你们两个人的世界？”

抽搐从高峰的面部蔓延到身上，他像癫痫病人一样抖动起来，衬衫前胸部位出现一条血迹，血水越渗越多。离高峰最近的一名特警感觉有异，冲上去撕开他的衬衫。只见高峰的胸腹部有几条长长的刀口，刚被缝合不久。由于激动导致肌肉收缩，伤口破裂，正往外面渗血水。

惨白的面孔，微弱的声音，杨真忽然意识到其中的危险，疾呼：“大家快卧倒！”话一出口，杨真就近将里佐拉蒂按倒在地。

沉闷的爆炸声在周围响起，杨真的肺部像突遭重物撞击，好半天呼吸才恢复正常。高峰的身体从里面炸开，体内火光冲天，杂物和肢体四处横飞！

网络时代发生这种袭击，消息自然迅速传播开来。好在自从出现车辆冲撞封锁线的险情后，由于形势不明，宣传部门便提前对此做了应对，对外回应一律是反恐演习。

然而在网络上，照片和视频却像火山般爆发出来。不少大V主播都在传递现场周围路人拍摄的视频，甚至有人放出无人机到附近盘旋，试图录像。韩悦宾和第一研究所的同事们带着装备来到现场后，不得不分出很大精力，对付这些违规的无人机。

“看吧，一群恐怖分子占据心理实验大楼，正与军警对峙。这里已经变成战场！”一名大V在网上声嘶力竭地喊叫着，“我就在现场附近，我看到了尸体，运尸车开过来了，一辆、两辆、三辆……”

十分钟后，小半个城区的手机线路都被堵塞，一批市民从现场附近往外撤，另一批人跑到附近寻找亲人，车辆挤满周围的街道。

大学行政办公楼内，李汉云正在接受包扎，半把椅子砸在他的左臂上。医生怀疑可能已经骨折，但是情况如此紧急，他不能离开现场。杨真站在一边，额头贴着创可贴，由于反应及时，并无大碍。但是她花了好半天才洗干净面孔，一团不知道是谁的血肉飞过来沾在上面，让她恶心了很久。

死亡！几个月间，杨真再一次和它擦肩而过，她不会总是这么幸运。

杜丽霞垂头丧气地跑进来，站到李汉云面前。“官媒解释根本没用，网上已经传疯了。”

办公室一面墙壁上，监视器里播放着外联组搜索到的网络视频，上面的解说五花八门。

“恐怖分子掌握了心灵控制术！”

“不要相信你身边的人，他们已经被脑控。”

“恐怖集团已经控制了……”

“北京全市核磁共振仪都被借调，用来检查人脑，正常患者已无法使用。”

“大家快跑吧，北京即将遭遇核恐怖袭击。”

“……”

“这是怎么回事？”李汉云推开医生，站在监视器前，怒不可遏。事先他已经向上级通报过情况，希望对这次行动严格保密。他手下的干将也不会把消息泄露出去。然而现在，他们就像玻璃缸中的鱼。

“能查到IP地址吗？”

“大部分造谣者的IP地址已经查到。”

“立刻扣押，这不是普通网民能造出的谣！”李汉云立刻向部领导汇报，请他们调用更多警力，“能在谣言里提到核磁共振，就不是一般人。敌人要把局面搞乱，用瘫痪社会的方式阻挡我们的行动。”

最近一个IP地址就在这所学校的留学生宿舍楼。情急之下，龙剑带着特警驱车开到门口。几个来自不同国家的留学生见状躲到一旁，今天的事情已经把他们吓坏了。特警们撞开一扇门，冲了进去。一个青年正趴在键盘上，但却一动不动。龙剑把他拉起来，只能看到一双茫然的眼睛，两道血线正从眼眶中流出来。

龙剑拿起对讲机向李汉云汇报：“确认是‘我们’的分身，敌人已经渗透进外籍人士当中。”

他们无法知道被渗透者的确切数量，唯一的希望就是这些化身还没掌握武器。

野战医院已经在心理实验大楼附近搭建起来。一个手术台上摆着烧焦的残肢，分辨不清形状。李汉云、里佐拉蒂、杨真等人站在周围。“现场死亡五个人，能确定属于高峰的就是这些。”法医指着残尸说道，“他从实验大楼出来前接受过手术，摘除一侧肺叶，在里面安放了爆炸装置。”

正是从眼前这个躯体里诞生出了“我们”。现在它就像一个鳄鱼卵壳，被孵出的鳄鱼踩个粉碎，毫不顾惜。杨真想到刚刚被劫持的潘景涛，他会不会也同样疯狂？如果看到他走出来，要不要拔枪相向？

事态已经很难控制，上层被惊动后召开紧急会议，并要求李汉云前去汇报情况。“我回来时，希望你们能想出对付这个幽灵的方法。”临走前，李汉云叮嘱各位组长。

韩悦宾已经和第一研究所的警官运来大量非致命性武器。捕捉网、润滑液、飞行电击器、激光致盲枪、超声发射器、震爆弹……已经入役的、准备改进的、尚在研究的，他们把压箱子底儿的东西都搬了过来。

里佐拉蒂望着周围忙碌的军警，感觉相当不真实。20年前，他主持了一个很普通的实验，对象不过是几只恒河猴。结果却发现，恒河猴目睹其他猴子的动作时，一些神经元也被激发，似乎它自己在做同样的动作。

就像巴甫洛夫发现条件反射，或者弗来明发现青霉素，这也是一次与实验目标没有关系的偶然发现。但是里佐拉蒂有双科学家的慧眼，捕捉到了这个意外现象，从此找到了镜像神经元，改写了心理学史。人类个体能理解他人行为，进而形成合作，构成社会，全靠这种微观的生理基础。

“看看眼前这些事情，我宁愿自己当年没注意到那个现象。”24小时内，里佐拉蒂已经眼睁睁看着两个弟子死在面前。老人尽管是心理学家，擅于调节心理活动，也很难立刻消化这份痛苦。

“当初，高峰和范丽是怎么自愿当被试的？”杨真很好奇这个没公开过的细节。

“他们先是自己商量过，然后再教育我这个老师，还给我举了科技史上的很多例子。什么奥古斯特发明腰麻技术，用自己做第一个实验品；弗思把黄热病人的呕吐物抹在伤口上，研究它是否导致传染；皮埃尔·居里把镭屑绑在身上，研究它的放射性究竟对人体有何作用。他们做足了功课，就是要争取自己挨上一刀。勇士啊，我现在仍然钦佩他们的勇气。最后，我被他们说服了。”

“老师，也许很难说他们死了，也许他们真的还生存在‘他’中间。”杨真知道那些焦煳的尸块给老人带来了怎样的冲击，有意把里佐拉蒂请到旁边。

“即便如此，也不再是我认识的高或者费拉里，只是一个精神怪物的器官。‘他’冷酷残忍，无限膨胀。是的，如果我的脚生了疮，我会为了维护健康把它挖掉。在这个怪物看来，如果需要，并联进去的所有个体都可以当成烂肉挖出去！”

想到这儿，里佐拉蒂一阵眩晕，杨真和杜丽霞再三劝说，终于让他同意离开前线。

“咱们怎么办？那些并联进去的人如果不发作，很可能就是路边的闲人。难道看到怀疑对象就得拔枪？”史青峰说出了大家的顾虑。身为司法人员，他们总要在法律框架内找到办法。

“即使抓到他们所有人，包括还没找到下落的范丽，也没有一条法律可以治他们的罪。”蔡静茹尤其尊重既有的法律框架。

技术专家韩悦宾忽然想起什么：“对了，军方不是已经到了吗？”

“你的意思是……”

“军方有电磁脉冲炸弹！这种装备爆炸后能损毁目标

周围的电子设备，但不伤害人的性命。”韩悦宾终于想到了办法，“用它轰炸实验大楼，解除所有个体之间的信号联系！就能把他们救出来。”

“太对了！电子技术越精细，受电磁脉冲打击越明显！”迟健民一拍脑门，“我马上和李处长联系……”

迟健民刚摸出手机，就被杨真拦住。“这东西不可靠，即使有加密信道，现在也不能排除电信部门里有‘他’的分身。咱们有处长的即时定位，最好直接去找他！”

根据需要，电磁脉冲炸弹的威力可大可小。大号的能覆盖一座城，小型的只影响几百米范围。入夜，一辆普通警车开到封锁线外，几名特种兵用激光定位器瞄准心理实验大楼。

李汉云又回到指挥现场，把几名骨干召集到一起。“你们没受过突击训练，只能跟在特种兵后面，任务是搜索信息中心和微堆。要记住，脉冲弹一响，现场所有对讲机都会失灵，你们只能用声音和手语联系。”

几名组长点点头。他们每人手里一把非致命武器，腰里还别着飞行电击器。大家本来都以坐办公室处理文件为职业，现在要像真正的警察一样冲锋陷阵，心理非常紧张。除了龙剑，他们中间唯一有实战经验的，居然就是年纪最小的杨真。

从下午开始，天空中就有警用直升机飞来飞去，监视现场。现在又有一架飞过来，突然，直升机加速冲向大楼，从上面丢下一个类似手提箱的东西。砰！一声闷响从大楼上方传到四外，手提箱里并非常规炸药，也没有烈火浓烟。强大的微波冲击各处，大楼里面灯光瞬间熄灭，电线上冒出团团火花。

在校门附近的隔离带上，一名警官正带领警员守护在那里，突然间捂住脑袋，不停地往墙壁上撞。警员们过来想阻止他，却被警官奋力推开。

“他有问题！”距离最近的龙剑迅速反应过来，立刻冲上去，抬起手中的金属管，向这名警官的脚下喷出润滑液。疯狂的警官刚冲了两步就跌倒在地，龙剑扑上去压在他身上。“铐起来！快铐起来！”龙剑嘶喊着，脑子里还是费拉里或者江涛的尸体，他不能让同行也遭遇那样的命运。

没人动手，看到朝夕相处的同事突然变成另外一个样子，周围的警察都没有思想准备。眼看龙剑就要控制不住对手，还好，史青峰冲上来用电击枪解决了问题。

校门外面，隔了几条胡同的街道上，一个著名的网络主播正骑着电动自行车，一边和警察兜圈子，一边直播实验大楼的战况。电磁脉冲弹一炸响，他就捂住脑袋，呻吟不止，车子直接翻到路边。然后，网络主播不顾头上冒出的鲜血，朝着封锁线狂奔过来。

“站住！”

“站住！”

几名警察手持盾牌，试图挡住他。网络主播横身一撞，居然撞倒两名警察，从缺口中冲了过来。一架飞行电击器迎面飞来，三万伏的高压电将他击倒在地。

和他们一样，方圆一平方千米内，几十个人捂着头摔倒在地，号叫着，翻滚着。当他们重新爬起来后，便纷纷冲向心理实验大楼。

在这场旋涡的中心，心理实验大楼外面，电磁脉冲弹一响，特战队员便从装甲车上发射了破门弹，这种武器没有炸药，全靠铁弹头带着强大的动能撞破金属门。实验室的正门和几扇窗户相继被摧毁后，龙剑和杨真提着麻醉枪，跟着一群特种兵冲了进去。他们兵分两路，搜索前进。楼里一片漆黑，不断有人从对面冲来，被特种兵用麻醉枪击倒，绑住，再抬出门去。

杨真正向前搜索，突然有人大喝一声，从旁边扑向杨真，正是刚刚失踪的潘景涛。杨真躲开他的进攻，大声喊道："信息流已经中断，你自由了！"

潘景涛挥舞双臂，状若疯魔："不！我要回去！回去！那才是自由！"疯狂让潘景涛爆发出强大的潜力，他敏捷地躲过几枚麻醉弹，还摔倒了两名特种兵。杨真无法抵挡，只好转身撤退。一名特警冲过来，射出一张捕捉网，几名特警一拥而上，才算制服了潘景涛。

冲过这里，杨真和几名特种兵闯进地下一层，那里有一片几千平方米的空旷场地，一团幽暗的光在半空中悬浮着。龙剑也从对面的通道冲了下来。尽管他们对将要看到什么做了心理准备，这团悬浮的光仍然远远超过他们的想象。

"什么东西？难道'我们'在放录像？"

"视觉增强技术？在我们面前出现的东西，有真实也有幻觉。"

大家用电筒照亮整个空间，这才发现那是一个气囊般不断变换形状的巨大物体。完全看不出它由什么材料制成，又由何种能源驱动。不时有针状物从它里面“分泌”出来，落到下面的平台上。显然，这是一道控制器的加工线。

全材料打印技术，这是超越时代几十年的黑科技。“他”所需要的各种设备，只要完成设计，就会在计算机控制下从这里面复制出来。以它的体量，现在还打印不出飞机大炮，但那只是时间问题。

一名特种兵拔出枪，朝着空中的幽光连连射击。这团巨大的卵形物上顿时光芒流转，像是熟睡的巨兽刚被唤醒。又有一名特种兵端起微型冲锋枪向它扫射，光团仍然在飘浮，针状物还在不停地掉出来，丝毫看不出设备有损坏的迹象。

“天啊，这是什么科技啊。”韩悦宾也冲到这里，他好奇地伸出手，想抚摸光团表面，被杜丽霞一把推开。

“小心。”

“我想看看它到底是什么，用什么手段可以破坏它。”

“不管它是什么，终归要耗电。”杜丽霞提议道，

“这里有两套线路，一套与普通电网并联，一套由微堆供能。一旦拆掉微堆，普通电线输送功率有限，不管它是什么，到时候都会关闭。”

“杜丽霞说得对。”这时传来李汉云的命令，“120项目组的专家马上就到场，你们掩护他们拆除微堆……”

突然，大家身后传来一声凄惨的号叫：“留下它——！”

人们迅速转身，只见一个女人披头散发扑了过来，额头上留着斑斑血迹。“别拆，听我说……听我说……”她看看这些人，立刻扑倒在杨真面前，“求你，别拆它。高峰的身体已经不在了，这是我和他重逢的唯一渠道，你们别破坏它！”

这是范丽！这是真正的她。不过，杨真还不敢去搀扶她，反问道：“刚才你说的是‘我’，还是‘我们’？”

“我，当然是我，我是范丽，求你们把它保留下来，不管活着的，还是死去的，大家都在那里边。”

“对，杨真，咱们把它留下来。”迟健民也跑到这里，抑制不住自己的兴奋，“把中国最优秀的科学家召集到一起，共同奋斗二十年，也不会发明这些技术。几百万人年的工作量啊。这是多大一笔知识财……”

“现在这不是关键！”电磁脉冲的影响已经过去，耳机里面，李汉云的声音清晰而威严，“解救这些人，控制局面才是你们的任务。”

范丽还想说什么，杨真抬手向她射出一枚麻醉弹，范丽踉跄几步，晕倒在地。就在这时，一名特警跑了进来。“外面至少有几十人，正在冲击封锁线！”

新的危险打断了他们的争执，几个人跑到外面。火光中，那些失去理智的并联者有的开车，有的骑车，有的奔跑，纷纷朝心理实验大楼涌过来。他们要回来，要回到“我们”中去。几百名军警使用各种非致命武器来制服这些人，只有遇到驾驶车辆撞击的对手，才使用枪械去阻止。

李汉云奔到心理学大楼附近，迎上几名部下，身后则跟着120项目的核专家。“你们后撤，下面的事交给部队和特警去完成。”

几十名特警围住实验大楼，构成最后一道封锁线，逐个击倒冲击者。杨真望着眼前混乱的场面，虽然到处都有搏斗和呐喊，但是却比早上的风平浪静要安全得多。所有被并联的人都已经显形，只需要交给军警去把他们控制起来。

除了李汉云留下指挥，韩悦宾要协助实施非致命武器打击，调查处的其他人都集中到单位的车辆旁，退到战场之外。杨真把领到的武器交给韩悦宾，刚想上车，杜丽霞迎面走下来，递过她的私人手机。

“这里没事了，回家看看吧，伯母打了好多电话。”

◆ ◆ ◆

在保密单位供职，杨真每次上班就要交出私人手机，再领一个加密的移动电话，以防遭遇窃听或者跟踪，下班时再换回自己的手机。

“去吧，你们几个都休息一下，早上回来做善后。”李汉云也很体恤这些下属，他们已经完成了最艰巨的任务。

杨真乘车回到家，刚推开门，卢红雅就把她紧紧抱在怀里。“天啊，网上传遍了，出了……”

“妈，我没事，没事……你看，一块皮都没擦破。”杨真迫不及待地打断母亲的话。

“还跟我吹牛。”卢红雅抚摸着女儿的额头，那里还有一张创可贴。不久前，卢红雅就曾经差点失去这个女儿。想到又让母亲担惊受怕，杨真心里也是一阵难受。她不知道该怎么安慰，只好用力地拥抱着母亲。

“真的没事，肖老师一家都和我在一起，我们合作得很棒！”

卢红雅跑到卫生间，用热水投了一条毛巾，走出来仔细地擦拭着杨真的脸。从昨晚在派出所见到里佐拉蒂，杨真高度紧张地运转了20个小时，脸上少不了汗水和污垢。她闭起眼睛，体验着母亲的爱抚。这个动作她从小享受到现在。十几岁时，杨真曾经一度不愿意接受，觉得自己已经长大，不需要妈妈再这样，现在她又开始享受这种爱。

“你坐一会儿，我去热饭。”卢红雅走进厨房，将冷的饭菜用微波炉一一加热。总共没几分钟，等她端着饭菜出来时，杨真已经蜷缩在沙发上，像只小猫般睡熟了。

从案发到平息事态，总共不到30个小时。调查处的人撤离现场后，两百多名战士进入大楼，控制了所有要害。没造成更多伤亡，这里发生的一切仍然按照“反恐演习”来对外解释。甚至，心理实验大楼暂时封闭，清理完毕后，还要若无其事地开放使用。

有个超级精神体曾经威胁过这座城市？不，一切都不曾发生！

……

第二天，稍事休息后，调查处所有人员都赶回单位，开始漫长的善后工作。龙剑根本没回家，带着几名调查处的新兵坚守在现场，逐个辨认那些被抓捕的犯罪嫌疑人。是的，尽管大家已经推测出“我们”的存在，但是还没有发明一个词语来称呼“他”，只能把在现场攻击执法人员的所有个体定性为犯罪嫌疑人。

此案之前，龙剑一直在调查世界超人协会，掌握着里面中国籍会员的名单。每抓到一个嫌疑人，他就按照名单比对。于是，包括已经死亡的程晓伟在内，果然找到三名会员。

“我就说这个组织有问题，果然如此！”发现自己的预言离事实不远，龙剑的欣喜之情溢于言表。“处长，要不要把他们连锅端？”

“不……还没有证据显示这是他们的组织行为，现在只能看成会员的个人行为。”李汉云表现出中层领导应有的谨慎，“只是，这里的事平息后，对世界超人协会的监视要提高级别！仍然由你主抓。”

“明白！”

班师回营后，史青峰在几个组长里面最为忙碌，他要负责监管上百名犯罪嫌疑人。而且，这些人都应该看成脑部受过创伤的病人。除了看押，还要治疗。不仅公安系统的脑外科医生要集中过来解决问题，里佐拉蒂也将助手从意大利叫过来，和肖亚霆和牟芳一起，为这些人逐个摘除脑中植入的控制器。

大大小小，新新旧旧，他们总共找到五个等级的控制器。

迟健民仍然负责接收案件中缴获的非法技术成果。在李文涛案件里，他们的收获还只限于生命科学，现在这次的成果足足覆盖了十几门学科。很多物件先进得难以识别，杜丽霞还要聘请各领域的专家充任顾问，一起研究。

肖亚霆夫妻首当其冲，再次与调查处合作，整理现场发现的生命科技成果。望着那些独步全球的新技术，肖亚霆的眼睛放着光。“我能理解他们当初是怎么想的。人就应该好奇胜过好色。说实话，我都想在自己脑子里重复这些实验。”

啪！话音未落，肖亚霆的后脑勺就挨了牟芳的一巴掌，很轻但是很准。“反了你，还敢好色？”

“就是不敢啊，只剩下好奇了！”

杨真和大家都被逗笑了，但是很快她又收住笑容。肖亚霆说的是心里话，和李文涛、高峰、范丽相比，他只是还有着法律与道德的约束而已。

留给蔡静茹的任务也不轻。法律不可能给一个虚无缥缈的“超个体意识”定罪。甚至，尽管有很多视频、录音和文字证据，检察院和法院仍无法确定“我们”是否曾经存在过。个体行为难道会不受个体控制？司法人员承认发生过脑的并联，宁可把那些怪异现象理解为当事人长期并联后产生的幻觉。现在的医学无法解释这种幻觉，可它更不能解释“我们”的存在。那就暂当“他”不存在吧！

真想证明“他”的存在也不难，再找几个志愿者，把他们的脑子并联起来试试看……然而，看看眼前的悲剧，这种实验已经成为禁区。

这样一来，不管高峰和范丽做实验的初衷是什么，仍然要有罪犯来为这起大案负责。被临时拘捕的人接近一百，他们中绝大部分最初都是被绑架的，后来也参与过各种绑架。可如果都定上罪名，必然引起社会波动。因此蔡静茹就要负责寻找相应的法律条文，来判断该给谁定罪，该为谁开脱。

杜丽霞的担子也不轻松，除了邀请各路专家，还必须创作大量文案，将这起案件隐蔽起来。它更不能公开审判，以免引发大规模社会恐慌。

如果不是杨真最先发觉里佐拉蒂的麻烦，“我们”可能还要更迟一些暴露。不过，对一些重点嫌疑人做完笔录后，杨真反而成为最清闲的人。她负责侦查，案子一结，就没她什么事了。

紧张忙碌之后，李汉云不忘把骨干们召集起来：“这么大一起案子，肯定对你们所有触动。大家做完善后，不要忘记写份个人体会。”

工作这么多年，李汉云才当上一线主管，以前大部分时间都做教师，现在仍然保持着职业习惯。他很欣赏这些年轻人，不光要让他们冲锋陷阵，还希望他们能有所成长。李汉云已经预感到调查处的工作范围将会飞速扩大，这些年轻人必须更快挑大梁。在防范科技风险这个事业上，通过亲身经历，如今这些部下已经积累了实战经验，具备了相关意识。即使他不在场，不下令，他们都会主动去做，这次的表现更是突出。

“每个人都要写吗？”杨真嘛嘛嘴。李汉云是她的硕士导师，两人相识已久。

“都要，篇幅不论多少，但必须要写。每完成一个案子，你们都要让自己有所提升。”

“怎么，写个总结有什么难的？”散会后，杜丽霞悄悄走过来问杨真。

“应付作业倒是不难，真要说出这个案子对我的影响……只能说……它让我的心里乱得很！”

第九章　始因

尽管实验大楼的中央信息转换系统早就被毁，每个人脑中的控制器也都被摘除，但是几乎所有嫌疑人都闹着要回归“我们”。有的声嘶力竭，有的绝食反抗，普通看守所无法监管。综合考虑之后，相关部门只好先将他们定性为精神病人，进行集中控制。

关押此案嫌犯人的牢房是一些特制的金属圆筒，可以屏蔽无线电波。一排排，一行行。史青峰设计的这种特殊监管房间，就搭建在远郊一座临时腾空的戒毒所里面。周围群山环绕，警戒森严。

这些人既是受害者，也是加害者，但他们都不想隐瞒什么，警察来做笔录，都是有问必答。很快，调查处就掌握了整个非法实验的过程。

高峰和范丽一直是恩爱夫妻，即使如此，各自的身体仍然把他们隔开，无法分享对方的感受。然而在所有健康人类个体中，他们又是仅有的两个能辨认出镜像神经元位置的人。回国后，他们就和世界超人协会会员沟通，鼓动大家一起来做并联实验。

大部分会员都听过他们的设想，只是讨论、思考，都不敢动手做。而有些人胆子大，却没有技术实力。最后，包括程晓伟在内，他们一共说服了四名专家进行合作。大家开始秘密研究每个技术环节，尝试着通过镜像神经元将各自的感觉、记忆和情绪用物理方式联系到一起。

非金属生物探针、电子描记器、大数据分析处理器……要完成这项计划，他们需要太多的技术、太多的专家。经过精心准备，终于有一天，四个人中的一名脑外科专家给这对夫妻做了局部麻醉，打开头盖骨，找到镜像神经元，用生物探针联系到了一起。

接下来整整半年时间，两个人都陶醉在这种合体感觉里，同时还保持着科学家的谨慎。直到半年前，他们已经积累了足够多的实验结果后，才给这四名同伴也做了并联。六个意识融合在一起，每人的个体意识却在逐渐消失。

差不多又过了三个月，他们不再感觉到自己，“我们”从这些独立的头脑中诞生了。“他”不再受人间道德和法律的约束，只寻求自身的发展。为了掌握更多的新技术，“我们”不断绑架新人，其中有风险投资商人，有各行专家，有警界中人，有外国人。

每个人并联进去后，他的知识和经验就融合在整体里，身体反而不再重要。这就是为什么“我们”可以毫不犹豫地毁灭那些个体，甚至包括高峰的身躯。

起初，“我们”只有六个分身，进化得很慢。随着一个个身体并联进来，“我们”的触角越伸越长，发展呈加速度趋势。如果不是在里佐拉蒂那儿暴露形迹，再过一周，他们就能把信息传导区延伸到更重要的人群中！

在理清了事件脉络后，高峰、范丽和他们最初的四个合作人，从法律层面上被定义为犯罪嫌疑人，其他同案人则全部被归类为受害者。而在这六位嫌疑人中，两位已经死亡。所以，这起案件的破坏性影响被压缩到了最小。

“1796年5月，英国医生爱德华·詹纳从一个奶场女工手上的牛痘脓胞中取出物质，注射给一名八岁男孩，让他通过患上牛痘而获得了对天花的免疫力。后来，人们一直在歌颂医学史上这一重要时刻，然而以今天的标准去衡量，詹纳的实验十分危险，那个小男孩可能会身染重病，后果不可预料。而詹纳，若以当今的法律定义的话，应该是有罪的。但他要负怎样的法律责任呢？”

每次案件结束后，蔡静茹都要去翻阅东西方各种法典，从里面追根溯源。科技时代的法律体系，却很少有针对高新科技的内容，两者几乎不像同一时代的产物。

“罪行法定是我国刑法基本原则之首，然而对于有潜在危害的科学实验，刑法并没有确定其罪名。所以，我们很难给这些实验的实施者恰当定罪。长期以来，这个领域都由研究部门自己的规章制度来约束，相当于内部行规……”

调查处的骨干们坐在会议室后排，座中主要听众不是他们，也不是公安方面相关的领导，而是政法委方面前来调研的同志。发生了这么严重的事件，如何让法制体系更加适应高科技发展？他们急需这方面的建议。

“……生命科技是21世纪主要的科技方向之一，投资规模和从业人员都在飞速上升，成果不断涌现，很多业内人士都不清楚国内外同行发明了什么。同时，我国对生命科技犯罪及其刑事责任的研究严重匮乏，远远落后于这个时代。”

法律专家蔡静茹继续做着总结报告。杨真坐在角落里，在笔记本上随意画着、涂着，脑海里浮出潘景涛现在的样子。他和其他受害者都在戒病毒所接受特别护理，已经瘦了十斤，不断做噩梦，时常吵着“我要回去”。

潘景涛是最后几个被“我们”渗透的人之一，杨真和他当时只相隔十几米，命运却是如此悬殊。所以杨真忍不住会去想，那些生命科学家手里已经掌握了怎样的魔力？社会和司法体制应该怎么去监管？

科学难道没有禁区？难道打着为人类谋福利的旗号，就可以为所欲为吗？

“为人类谋福利？如果你再听见科学家拿这个做借口去索要经费，你就应该质问他们，真知道自己在干什么吗？”这是韩津经常爱讲的话，他公开说过，私下里讲得更多，一直听到杨真的耳朵起了茧子。这种观点曾经是让他们分手的原因之一。

难道他并没有讲错？

杨真生长在“科技大院”，一起从小玩到大的同伴都是“科二代”。到了高考前，大家讨论如何报志愿，目标不是清华、北航，就是中科大、哈工大。什么？北京大学？怎么能去那么浮夸的学校？

是的，她就是在这种环境里长大的，曾经有段时间，除了当科学家，幼时的杨真不知道人生还应该有别的选择。而现在她却在抓那些人，那些越界的科学家。

李老师说得对，是该好好总结，可我能总结出什么？两股力量在杨真的脑子里冲撞，搅得一塌糊涂。

会后，杨真独自一人走进调查处的特别证物室。那里有件特殊藏品——李文涛的脑。它被切成两毫米厚的矢状断层片，夹在树脂封膜之间，成为脑科学的重要研究资料。牟芳亲自操刀，将它制作成了这么薄的切片。

几个月过来，杨真已经能够面对李文涛留下的一切了，包括那一百多片脑组织。他的愤慨、他的抱负、他的爱，都封存在那些树脂夹层里面，僵硬而冰冷。除了她，还有谁知道它们曾经存在过？

“和你一样的人真多，我以前怎么没觉得？”望着挂成一排的标本，杨真就像在和老朋友聊天，“你们是不是从心里就讨厌法律？是不是觉得它很俗气，是科学道路上的障碍？”

忽然，手机铃声在静室里响起，吓了杨真一跳。她一看，是妈妈打来电话。“小真，邻居告诉我，你爸最近突然瘦了。他这个年纪，这可不是好事，恐怕是癌症的先兆。你有空去看看吧。”

杨真明白，妈妈对那个男人还有牵挂，但是现在有了男朋友，不方便出面。没办法，只有她硬着头皮再去跑一趟。

……

父亲杨永泉一生沉迷于天文学，经济实力却远不如妻子。所以离婚后，他就留在单位分的老房子里。卢红雅在郊区买了房，带着女儿搬去新家。父亲所住的还是唐山大地震后建的那种筒子楼，低矮，破旧，大门锈迹斑斑。杨真在这里长大，自从和母亲搬出去后，她就再没回来过。妈妈把温暖和爱都带走了，这里只剩下怨恨与冷漠。

“你来看爸爸？”一个老邻居看到杨真，主动过来询问，她只好点点头，之后又在院子里转了几个圈，才敲响了父亲的门。

杨永泉重男轻女，而且从不在女儿面前掩饰，这也是令杨真和他疏远的重要原因。不过杨永泉的理由倒是一点不土气，他觉得女人搞科学最终难成大器。赶上独生子女政策，结果又只生了一个女儿，导致自己的事业无人继承。

有一次父女二人爆发争吵，他指着杨真的鼻子说，她只是他控制不住自己而产下的怪胎。没有哪个女儿能接受这样的侮辱。算了，过去的事，不去想它，不去想，不想……

门铃响起。门一开，杨真吓了一跳。比起最胖的时候，杨永泉至少瘦了30斤，脸已经脱了相。再仔细一看，家里除了他，还有一位身穿道袍的中年人。是的，真是道袍，不是戏装。看样子父亲正和他谈得起劲，杨永泉甚至都没给他们介绍，只是让杨真先坐在旁边。就这样，父亲和道士聊得热火朝天，杨真坐在客厅沙发上，一边玩着手机，一边听他们神聊一些胎息辟谷之类的旁门左道。杨真不禁心生诧异，暗想，父亲一直以科学家自居，怎么也相信这个？难道真是老糊涂了？

之后客人走了，杨永泉关上门，冷冷地问道："你来做什么？"

"所以，您这是在练辟谷神功？"杨真撇撇嘴，反问道。

"是啊？"

"练多久了？"

"142天。"父亲依旧保持着科学家的严谨。

"您觉得这会对身体有好处？"

“我这把年纪，该考虑养生问题了。”

从小到大，杨真就没有说服过父亲一次，没有一次！他什么都有理，所以她也不准备浪费时间。“好吧，您没事就好。我就是替妈妈来看看你。”

杨真起身要走，父亲叫住了她：“唔……听说你妈要结婚了？”

“嗯……”

杨永泉抽抽鼻子，搓搓手，屋子里的空气紧张起来。

“好……好吧，你带个话，就说我祝她幸福。”

记事以来，这是杨真从父亲嘴里听到的最有人情味的话，如果他早几年能讲出来该多好。

“我会的，您保重吧。”

杨真走出房门，长出了一口气。昔日那些教训仿佛还萦绕在这幢房子里——科学不是这样的！你们根本不懂科学！你们娘儿俩都没有科学意识！从小杨真的耳边就响着这样的教训，她曾经如履薄冰，生怕让父亲觉得自己是个弱智。

现在，杨真终于可以仰起头面对父亲。这样的人她见过，一辈子搞科学，什么成就都没有搞出来，到了晚年心灰意冷，便开始求仙学佛。

回到家，杨真把父亲的现状告诉卢红雅：“妈，您见过那么多大科学家，您觉得，科学这东西是不是钻得越深，人就越会心性凉薄？”

该怎么回答？女儿现在内心生出的矛盾和迷惑，卢红雅都经历过，而她走出这种矛盾是经历了漫长的心路历程的，很难几句话说清楚。

“杨真，肖老师家的沙龙快开始了，我带你去看看。也许在那里，你能找到答案。”

本集说明

1．肖毅，行为主义心理学派，主张从行为入手研究人类心理，其成果大量运用于工程技术领域，和人们熟悉的心理医生性质完全不同。在本系列后面的故事里，大家会看到这些成果如何与现代科技相结合。

2．《新科学人》，取材于《科学美国人》与《科学中国人》，刊物主旨不是展示科技，而是讲述它们对人类生活的影响，属于大众刊物而非专业媒体。它作为平台会出现在后面一些故事里。

3．镜像神经元，20世纪90年代心理学界一项划时代的成果，由意大利帕尔马大学学者里佐拉蒂发现。本篇中有关该成果的描写取材于现实，但进行了艺术夸张。

4．电磁脉冲，它的作用最长不超过一秒，可以毁损区域内的电子设备，但不影响后进入的电子设备。